七情七縱

臺灣詩學散文詩解讀

陳政彥

主編

【總序】
二〇二二・不忘初心

李瑞騰

　　一些寫詩的人集結成為一個團體，是為「詩社」。「一些」是多少？沒有一個地方有規範；寫詩的人簡稱「詩人」，沒有證照，當然更不是一種職業；集結是一個什麼樣的概念？通常是有人起心動念，時機成熟就發起了，找一些朋友來參加，他們之間或有情誼，也可能理念相近，可以互相切磋詩藝，有時聚會聊天，東家長西家短的，然後他們可能會想辦一份詩刊，作為公共平臺，發表詩或者關於詩的意見，也開放給非社員投稿；看不順眼，或聽不下去，就可能論爭，有單挑，有打群架，總之熱鬧滾滾。

　　作為一個團體，詩社可能會有組織章程、同仁公約等，但也可能什麼都沒有，很多事說說也就決定了。因此就有人說，這是剛性的，那是柔性的；依我看，詩人的團體，都是柔性的，當然程度是會有所差別的。

　　「臺灣詩學季刊雜誌社」看起來是「雜誌社」，但其實是「詩社」，一開始辦了一個詩刊《臺灣詩學季刊》

（出了四十期），後來多發展出《吹鼓吹詩論壇》，原來的那個季刊就轉型成《臺灣詩學學刊》。我曾說，這一社兩刊的形態，在臺灣是沒有過的；這幾年，又致力於圖書出版，包括同仁詩集、選集、截句系列、詩論叢等，今年又增設「臺灣詩學散文詩叢」。迄今為止總計已出版超過百本了。

　　根據白靈提供的資料，二〇二二年臺灣詩學季刊雜誌社有八本書出版（另有蘇紹連主編的吹鼓吹詩人叢書二本），包括截句詩系、同仁詩叢、臺灣詩學論叢、散文詩叢等，略述如下：

　　本社推行截句幾年，已往境外擴展，往更年輕的世代扎根，也更日常化、生活化了，今年只有一本漫漁的《剪風的聲音——漫漁截句選集》，我們很難視此為由盛轉衰，從詩社詩刊推動詩運的角度，這很正常，今年新設散文詩叢，顯示詩社推動散文詩的一點成果。

　　「散文詩」既非詩化散文，也不是散文化的詩，它將散文和詩融裁成體，一般來說，以事為主體，人物動作構成詩意流動，極難界定。這一兩年，臺灣詩學季刊除鼓勵散文詩創作以外，特重解讀、批評和系統理論的建立，如寧靜海和漫漁主編《波特萊爾，你做了什麼？——臺灣詩學散文詩選》、陳政彥《七情七縱——臺灣詩學散文詩解讀》、孟樊《用散文打拍子》三書，謹提供詩壇和學界參考。

　　「同仁詩叢」有李瑞騰《阿疼說》，選自臉書，作者說他原無意寫詩，但寫著寫著竟寫成了這冊「類詩集」，可以好好討論一下詩的邊界。詩人曾美玲，二〇一九年才出版她的第八本詩集《未來狂想曲》，很快又有了《春天，你爽約嗎》，包含「晨起聽巴哈」等八輯，其中作為書名的「春天，你爽約嗎」一輯，全寫疫情；「點燈」一輯則寫更多的災難。語含悲憫，有普世情懷。

　　「臺灣詩學論叢」有二本：張皓棠《噪音：夏宇詩歌的媒介想像》、涂書瑋《比較詩學：兩岸戰後新詩的話語形構與美學生產》，為本社所辦第七屆現代詩學研究獎的得獎之作，有理論基礎，有架構及論述能力。新一代的臺灣詩學論者，值得期待。

　　詩之為藝，語言是關鍵，從里巷歌謠之俚俗與迴環復沓，到講究聲律的「欲使宮羽相變，低昂互節，若前有浮聲，則後須切響」（《宋書・謝靈運傳論》），是詩人的素養和能力；一旦集結成社，團隊的力量就必須出來，至於把力量放在哪裡？怎麼去運作？共識很重要，那正是集體的智慧。

　　臺灣詩學季刊社將不忘初心，不執著於一端，在應行可行之事務上，全力以赴。

【主編序】
承散文詩之先，啟詩解讀之後

陳政彥

　　散文詩以法國波特萊爾為濫觴，後繼有馬拉美、蘭波等象徵派詩人紛紛端出精彩作品，形成法國散文詩的寫作傳統，更在全世界開枝散葉，俄國屠格涅夫、英國王爾德、印度泰戈爾、日本川端康成，不同國家不同語文、百花齊放各自精采。劉半農在《新青年》介紹散文詩正值中國新詩萌芽之初。差不多的時間點，楊雲萍、楊熾昌、丘英二等人也未落後於世界潮流，在臺灣交出了令人驕傲的散文詩成果。

　　戰後臺灣詩史有特殊歷史背景，從商禽、秀陶等人發揚散文詩寫作傳統以來，寫過散文詩的臺灣當代詩人不計其數，隨著時間經過又演變出不同風格，至今未歇。散文詩寫作在臺灣如此興盛，正展現出臺灣現代詩壇的創作能量與獨特性。

　　臺灣詩學季刊社從2020年開始推動「散文詩解讀競寫」，三年下來累積52篇精彩的散文詩解讀得獎作品，搭配上本社同仁示範作品，以及詩人自剖的珍貴分享，共集

成77篇。為慶祝臺灣詩學季刊社30周年，特將這77篇，連同所解讀的散文詩傑作原文，共同編輯成冊出版。除了是參賽者難忘的紀念，也可當成散文詩創作與解讀的好教材，值得細細品味，相信讀者從中能一窺散文詩堂奧，領略訣竅，進而能讀懂散文詩，寫出自己的散文詩作。

　　三屆「散文詩解讀競寫」分別舉行，不同屆的評審各自獨立審查，解讀者與被解讀詩作皆難免重複，加上本社同仁示範作品共得77篇，為求將這浩繁卷帙處理得妥貼易懂，本書安排的次序體例如下：

一、先中文散文詩，其次是西方翻譯散文詩：因此全書主要篇幅皆以現代漢語散文詩創作解讀為主，兩篇波特萊爾散文詩的解讀則置於卷末。

二、以散文詩的年代來安排前後次第：因此魯迅、楊熾昌為首，依循散文詩作者的年代往下排列，希望讀者一篇篇讀下來，能感受到散文詩此一次文類，隨著時代演進所產生的風格演變。

三、先散文詩原作，後散文詩解讀：為了讓讀者能清楚理解每篇針對散文詩的評論，本書收錄散文詩原作，置於解讀之前，方便讀者先讀過原詩，再閱讀解讀。以求讀者能體會論者用心，盡得詩中妙處。若有多篇解讀聚焦分析同一首散文詩作者，則先附上詩作原文，接著羅列不同篇解讀。

四、按照順序排列之後，再區分為三輯：輯一「苦悶
　　的浮世繪」多為前行代與戰後第一世代詩人散文
　　詩經典。輯二「永恆的困境」大致涵蓋中生代詩
　　人的散文詩傑作。輯三「擬物化的空虛」可看到
　　新生代散文詩開展的不同形狀、不同風格，也涵
　　蓋詩壇新人的挑戰之作。

最後要感謝吹鼓吹的同仁詩人寧靜海與漫漁，他們
編輯《波特萊爾，你做了什麼？──散文詩選集》的過程
中，給予我許多提醒與建議，讓這本書的呈現更加合宜適
當。感謝編輯部的書豪花費心力處理各種書籍出版時難免
的許多障礙，與我們並肩攜手共度難關。最是感謝《吹鼓
吹詩論壇》前任主編詩人李桂媚，她已承擔許多本書前期
整理稿件之苦勞，並且完成初步規劃，最後雖由我來統整
收尾，但不敢掠美，特此致謝。

目　次

輯三｜擬物化的空虛

目次　　　　　　　　015 ∎

苦悶的浮世繪

佈施與受施皆是智慧
──讀魯迅散文詩〈乞求者〉

劉其唐

散文詩原作

〈乞求者〉／魯迅

　　我順著剝落的高牆走路，踏著鬆的灰土。另外有幾個人，各自走路。微風起來，露在牆頭的高樹的枝條帶著還未乾枯的葉子在我頭上搖動。

　　微風起來，四面都是灰土。

　　一個孩子向我求乞，也穿著夾衣，也不見得悲戚，而攔著磕頭，追著哀呼。

　　我厭惡他的聲調，態度。我憎惡他並不悲哀，近於兒戲；我煩厭他這追著哀呼。

　　我走路。另外有幾個人各自走路。微風起來，四面都是灰土。

　　一個孩子向我求乞，也穿著夾衣，也不見得悲戚，但是啞的，攤開手，裝著手勢。

　　我就憎惡他這手勢。而且，他或者並不啞，這不過是

一種求乞的法子。

　　我不布施，我無布施心，我但居布施者之上，給與煩膩，疑心，憎惡。

　　我順著倒敗的泥牆走路，斷磚疊在牆缺口，牆裡面沒有什麼。微風起來，送秋寒穿透我的夾衣；四面都是灰土。

　　我想著我將用什麼方法求乞：發聲，用怎樣聲調？裝啞，用怎樣手勢？⋯⋯

　　另外有幾個人各自走路。

　　我將得不到布施，得不到布施心；我將得到自居於布施之上者的煩膩，疑心，憎惡。

　　我將用無所為和沉默求乞⋯⋯

　　我至少將得到虛無。

　　微風起來，四面都是灰土。另外有幾個人各自走路。

　　灰土，灰土，⋯⋯

　　⋯⋯⋯⋯⋯⋯⋯

　　灰土⋯⋯

解讀

　　〈乞求者〉是文學家魯迅創作的《野草》散文詩集裡的其中之一首。

　　二十世紀初中國正經歷軍閥統治戰火紛爭，國家前途

未明，詩人傾全力用文字拯救革除陋習，改變人們的精神思想。用自己生命中的微光引領中國前進。

整首詩反覆以「灰土」作段落結尾。滿天飛起的灰土，象徵著頹喪、悲悽又暗淡無光的社會亂象。走過剝落的高牆，倒敗有缺口的泥牆，更象徵中國這個巨獸即將傾倒嗎？強烈地影射作者內在濃重情感，這樣的意境令人感到窒息。

路上遇見二個乞兒，卻和我一樣都穿著有夾層的衣服，沒有窮困的味。對自己逢人行乞也不覺可恥，像是遊戲一般，追著哀呼為喚取憐憫而裝腔作勢。魯迅對這種卑屈的行為極度厭惡與懷疑，絕對不會起心布施。只想把時間浪費在如何乞討得到，不勞而獲變得貪婪，何不爭取機會學習強大自己。

行人各走各自的路，表現真實社會中充滿冷漠與疏離感，也無心布施。各自走路的路或可隱喻成方向，人們各自盤算心懷鬼胎，是要往「機會主義」方向走，或是「功利主義」方向，只有魯迅不放棄對理想的追求。

倒置角色我扮演求乞者會用什麼樣的方式來博取善心得到布施，得不到是否一樣也會昇起憎惡心啊。

最終呈現主題的靈魂思想，「我將用無所為和沉默求乞……我至少將得到虛無。」舉出求乞、被求乞強與弱的微妙心態，實則是對當前政府／權勢（布施者）對待百姓

或有所求之知識份子（受施者）的一種消極抵抗。因此百姓裝聾作啞或裝腔作勢求乞，還不如無所作為忠於自己，即便得到的是虛無，至少保持了尊嚴。

　　站在至高智者的位置，不願作受施者也不做使對方失去尊嚴的布施者，這是真理。

　　閱讀魯迅的詩，彷彿躍入湖中靜靜等待湖心漩起的漣漪。

　　　　　　　　　　　——2022散文詩解讀競寫優勝

楊熾昌〈無花果〉的童話隱喻

陳鴻逸

散文詩原作

〈無花果──童話式的鄉村詩〉／水蔭萍（楊熾昌）

　　雨下了好大一陣，通往村公所的道路像霧一樣顯得迷濛濛，雪霏在鋪上稻草的爐灶前感到陣痛。

　　桃樹和龍眼樹接到雨滴，都從深沉的倦怠裡醒來，鴨子追逐著水在叫，竹籔和蜜柑園漂漾著美妙的表現

　　從可怕的緊張到疾激的肉體疲憊，雪霏用手掌搗住哭泣的嬰兒的嘴。

　　堯水！堯水！……

　　兩個月都上田的父母不在的家中少年堯水也不在

　　埤圳的水流嘟嘟，帶黃土色彩的水閘轟響著水量增加了，知道主人家的女兒生孩子的少年堯水近黃昏時，投身埤圳的水閘……

　　黃昏嚴然的肅穆裡雨下個不停，雪霏匍伏到窗邊眺望外面

　　她呼喚少年堯水，窗下的無花果展開綠油油的葉子接
著雨滴
　　她閉上淚汪汪的眼睛

　　　　　　　　　　——發表於《臺南新報》，1934年12月

解讀

　　楊熾昌常見以聽覺、觸覺、視覺的形象化，使其抽
象概念、意象能得以被聚合，然而看似毫無干係的詩句似
為非理性的組合，又得以在理性的思考底下被安置，故有
時符號化、象徵性成為詩裡隱埋的線索。對於詩人而言，
「對比關係」及「象徵隱喻」成為面對現實的方法，[1]〈無
花果〉[2]呈現的「童話—鄉村—詩」如形構夢境般多層次：
一者鄉村對應外在殖民社會的簡樸形態，一者面對著傳統
婚戀不對等關係。「無花果」的象徵性，指向社會結構底
下的多重壓力，從歷史層面來看，殖民統治下的臺灣，恰
成為「童話式的鄉村」之隱喻，而居住在「鄉村」裡的男

---

[1]　葉笛以為，〈無花果〉是一首社會的現實性頗強的散文詩，請參閱
　　葉笛，〈日據時代臺灣詩壇的超現實主義運動——以風車詩社核心人
　　物楊熾昌的詩運動為軸〉，《水蔭萍作品集》（臺南市：南市文
　　化，1995），頁354-355。
[2]　〈尼姑〉、〈茉莉花〉、〈無花果〉都是楊熾昌以散文詩的方式，
　　突顯出社會傳統下女性角色的不同境況與困境，亦被認為是較具批
　　判性與現實性的詩作。

女因著相愛、因著感情得不到彼此的結果，無奈地只能選擇在「童話式的鄉村」裡消失，讓童話留下不美滿。

　　整首詩緊抓著視覺、聽覺的摹寫，鋪張了朦朧氛調，並加以「帶黃土色彩的水閘」、「窗下的無花果展開綠油油的葉子」的色調，如同在白灰畫布上染點了低調卻又突兀的「鄉土色」，詩如同畫而有了拼圖說故事的著墨空間。彷如有兩個故事的軸線在前進，一是「桃樹和龍眼樹接到雨滴，都從深沉的倦怠裡醒來，鴨子追逐著水在叫，竹籔和蜜柑園漂漾著美妙的表現」的寧靜如常，另一個卻是「從可怕的緊張到疾激的肉體疲憊，雪霏用手掌搗住哭泣的嬰兒的嘴」激烈熱情過後的嬰孩出生。

　　從題目到內容，充滿了矛盾、緊張與不和諧，在敘事上是以期待的視角進入閱讀，華麗的詞藻、無爭的世界、悠慢的步調，卻轉折出「知道主人家的女兒生孩子的少年堯水近黃昏時，投身埤圳的水閘」，畫面下接轉的是「窗下的無花果展開綠油油的葉子接著雨滴／她閉上淚汪汪的眼睛」，慣如行動毋需宣告、毋需激昂地表現，有時沉默、安靜的抗議與無言的吶喊，加以氛圍的塑造，反而張力越高漲。正因為這樣諧異並存，故事主角雪霏、堯水的互往相戀，成了特殊的對比，也為無法在一起的兩人，留下了淒美的無限哀傷，童話並不保證美好、鄉村無法承載超越傳統，淚與雨在下，而「水」只能流滾逝去，無以再回……

由「我」至「悲」的三段旅程
──洛夫〈大悲咒〉初解

朱天

散文詩原作

〈大悲咒〉／洛夫

　　我有三條魚，一條給你，一條給他，一條留給自己。我有三把刀，一刀砍下魚頭，一刀砍下魚屍，另一刀砍在我自己身上，帶血的鱗片紛紛而落。在四月，桃花也是帶血的鱗片，帶血的飄泊。風雨中，野渡無人舟自轉，滴溜溜地轉，轉出一個極大的漩渦，站在漩渦邊上往下看，一口好深好深的黑井，裡面藏有三個人，分食一條魚：第一個吃掉了魚鰭，發現自己少了一隻手，第二個吃掉了魚尾，發現自己少了一條腿，第三個吃掉了魚頭，發現自己的頭早已不見。五蘊皆空，大圓滿，大喜悅，大慧覺。我非我，無所有，非想非非想，月落無聲，雪落無聲，我在萬物寂滅中找到了我。我手捧桃花，我啃著魚頭，我笑，滿樹的桃花都在笑，我笑，海裡的魚都在笑，有的在牙縫裡笑，有的在胃酸中笑。妄念未寂，塵境未空，嘴裡的魚

骨吐掉還是留在喉嚨裡？吐掉我便一無所有，那就留在喉嚨裡，像一切惡業留在肉身中。大悲大悲，魚骨，血，桃花，是色亦是空。酒是黃昏時回家的一條小路，醒後通向何處？女體把柳條繾綣成煙，把桃樹纏綿成霧，煙消霧散卻忘了歸途。錢財可以買到這個世界，也連帶買了它的悲情。木魚敲破仍是木魚，鐘磬撞破仍是鐘磬，破碎的心還是心嗎？福報只是深山中像暮靄一般逐漸消失的回聲，起不以生，滅不以盡，塵世畢竟是可愛的，石頭之寶貴全在於它的孤獨，一塊，兩塊，三塊，好多好多塊，都橫梗在世人的心中而形成了一個大寂滅。佛言呵棄愛念，滅絕欲火，而我，魚還是要吃的，桃花還是要戀的。我的佛是存有而非虛空，我的涅槃像一朵從萬斛污泥中升起的荷花，是慾，也是禪，有多少慾便有多少禪。覺觀亂心，如風動水，但涅槃不是我最後的一站，人生沒有終站，只有旅程，大悲大悲，一路都是污血，骸骨，身上爬滿了蛇蠍，蝨子。活著一塊肉，有機物加碳水化合物，死後一堆蛆，雖然不值一顧，而煩惱不來也不去，慾念不即也不離，如要涅槃，多尋煩惱，用舌舐乾污血，吞食骸骨，蛇蠍與蝨子就讓牠們留在身上，與蛆同居一室，共同鑽營，把我們掏空，一無所有。大悲大悲。

——1999年2月8日於溫哥華雪樓

後記：大悲咒，佛教為消災卻難而誦持的咒語，原名「千手千眼
　　　無礙大悲心陀羅尼」，共八十四句，係梵文之音譯。該咒
　　　有音無義，有字無解，我想也許原文本身就無意義，也不
　　　需要意義，意義反而形成智障。宗教乃大眾形上學，只要
　　　你信，不需你知，故我大膽假設，大悲咒之有音無義，原
　　　本就是為了適於文盲的眾生修持而作，但我深信，不同的
　　　人念這篇咒語時必有不同的感應，而產生不同的意義。以
　　　上是根據我個人的感應而以意象語寫成這篇釋文，至於它
　　　是咒還是詩，那就看你從哪個角度去體驗。

解讀

　　雖然在〈悟〉之開端，[1]與〈狂僧懷素〉之第三節等
處，[2]皆可發現洛夫運用散文段落入詩的證據，但論及洛
夫首篇純粹的散文詩作品，則非〈大悲咒〉莫屬。[3]

　　「大悲咒」，為佛教所傳之咒語，音譯自梵文；但基
於「不同的人念這篇咒語時必有不同的感應，而產生不同

---

[1]　洛夫：〈悟〉，《魔歌》（臺北：日色文化，2018年5月），頁242。
[2]　洛夫：〈狂僧懷素〉，《天使的涅槃》（臺北：尚書文化，1990年
4月），頁161。
[3]　洛夫：〈大悲咒〉，《洛夫詩歌全集Ⅳ》（臺北：普音文化，2009
年4月），頁468-470；另，此詩原收錄於《背向大海》（臺北：爾
雅，2007年7月）之頁35-36，但因前後兩種版本在字句排列、跨行
設計上頗有差異，故本文之討論概以詩人之最終呈現為準。

的意義」的前提，〈大悲咒〉一詩，實可視為「根據」洛夫「個人的感應而以意象語寫成」的「釋文」。[4]

　　就整體形式而言，〈大悲咒〉採取通篇一段、渾然不分的設計，彷彿是欲呈現出持咒時連綿不絕、一氣呵成的聽覺感受；但反過來看，透過全詩廿八行中只有五行──像是第三行結尾的「月落無聲，」──是以單一完整語句作為該行結尾，而其餘廿三行在跨行處拆解語句的刻意安排──像是：「我有三把刀，一／刀砍下魚頭」──來看，濃郁的破碎感幾乎躍然紙上；而之所以會有如此特殊的形式發想，或許正是為了呼應內容上的強烈「悲」思。

　　細參〈大悲咒〉中重複三次的「大『悲』大『悲』」，其「悲」之意涵當與「悲傷」、「悲痛」較為相近。首先，從第一次出現的「大悲大悲」和緊接而來的「魚骨，血，桃花，是色亦是空」可知，洛夫試圖宣說一種必將成真之抽象理念（亦即「物我皆空」），與現實存在之當下感受（亦即若無「色」之實際存有，就無「我」之依存確據）的巨大矛盾──擴而觀之，此種矛盾之悲，當為此詩前十二行之內容概括：因為，在「我有三條魚……發現自己的頭早已不見」中，其欲表達的當為洛夫向來所秉持之「物我合一」觀；而由「我非我……有的在胃酸中笑」應不難看出，「物我皆空」的殘酷事實；但

───────────────

[4]　洛夫：〈大悲咒〉，《洛夫詩歌全集Ⅳ》，頁470。

儘管如此，洛夫透過「妄念未寂……像一切惡業留在肉身
／中」卻仍清楚揭示了，其強調心念、立足實有的態度。

　　再者，第二種「大悲」，當可說是一種為了堅持
自我而不願歸於寂滅（亦即「覺觀亂心……只有旅程」
所呈），卻因此只能默默承受現實之苦（因為現實人生
中，「一路都是污血……蛆子」）的矛盾——進一步來
說，洛夫在此詩中所欲堅持的「自我」，乃是一顆避免
「破碎」、力求完整的「心」：因為不論是「酒」、「女
體」、「錢財」，種種外物在帶來短暫美好後，卻亦同時
使人陷入「煙」、「霧」、「悲情」的侵擾；更值得注意
的是，就「心」之實質面向而言，乃是一「慾禪同體」的
特殊狀態：因為對於強調「存有」遠遠重於「虛空」的詩
人來說，所謂的「涅槃」正如同一朵聖俗俱在、污潔兼備
的「從萬斛污泥中升起的荷花」。

　　最後，透過「活著一塊肉，……多尋煩惱」的襯托，
似乎不難發現雖然洛夫了解肉身遷壞乃是必然之結果，但
其更加看重的卻是心中愁煩和欲望的永存；因此，積極接
納一切惡朽（「用舌舐乾污血，……與蛆同居一室」），
與之共赴空無（共同鑽營，……一無所有），便可視為一
種悲壯、決絕的人生宣言——換言之，堅持自我卻終究難
脫物質消亡、肉身破滅之盡頭的矛盾，亦即視執念為常在
之狂想，便是洛夫筆下最為極致、臻於頂峰之悲。

回到最初的海
──讀商禽的散文詩〈前夜〉

紅紅

散文詩原作

〈前夜〉／商禽

　　因為那永恆的海曾經是最初的；唉，你不能謀殺一
個海浪，因為你不能謀殺一輪月亮，是因為你謀殺不了太
陽，是因為你謀殺不了你自己的影子是因為……

　　那時，我正越夜潛行。聽了自己的話，乃從黝黑的星
空急急折返。歸來看見：在淚漬了的枕旁熟睡的我的，啊
啊，那笑容猶是去年三月的。

解讀

　　這首〈前夜〉僅短短兩段共一百多字，但處處是懸
念。詩題〈前夜〉以及第一段首句「因為那永恆的海曾經
是最初的」點出這首詩的敘事主軸：時間。而第一段的
海、海浪、月亮、太陽、影子，則是時間順序下互為「因

果」的物件。海，在這裡象徵詩人最懷念或者最憾恨的，最初的「因」，並且不是現在的海，是某年某月某個前夜的海。「前」代表已發生的過去式，例如：前人、前男友、前朝。詩中提到「……你謀殺不了自己的影子是因為……」，後面的點點點，像是無限的「果」，也像是一個開放性的答案。難道是因為你謀殺不了自己嗎？還是無法謀殺那個曾經（那個最初的「因」）？即便你謀殺了自己，影子（那個後來的「果」）還是存在的，該怎麼辦呢？好懊惱啊！作者一連用了許多個「謀殺」，或許因為過去的某個錯誤令他追悔不已。最初的海，在這裡也頗有一種「曾經滄海難為水」，再也回不去的感覺。

　於是乎詩中的我「越夜潛行」，以夢的潛意識或者死亡的魂魄（這兩者剛好都沒有「影子」），急欲回到那個曾經，扭轉那個最初的「因」。但是卻「聽了自己的話」從墨黑色的星空疾返。古云人有三魂七魄，或許可以這樣想像──詩裡的我有三個魂魄，即三個我，分別是：因悔憾而不顧一切要飛去那個「前夜」的超現實的我。另一個我，以薄弱的理性呼喊那個正在靈魂出竅的我，快快回來，勿要沉溺於過往中。第三個我，是存在於現實世界，肉身的我。

　我出走的靈魂或魂魄，回到床邊發現，在我淚溼的枕頭旁邊，躺著熟睡的另一個我，「那笑容猶是去年三月

的」。或許是那個在夜裡因哭泣而起身「越夜潛行」的
我，在夢或時間的回溯裡，曾經成功抵達了那個令我魂牽
夢縈的三月。我的缺憾，透過夢、靈魂的逃亡，被撫慰
了。而那個受傷的我，再度乘著太空船，回返至現實與
非現實的航空站──床，再度於黎明前擁抱自己，三體合
一。也許，在哪個輾轉反側的夜晚，那個部分的我又會在
深夜悄悄遠行，到遠方尋回那個最初的海，那個美好的三
月。在現實中我們無法抹煞過去發生的事，也無法抹煞現
在的自己。但是透過回憶、透過夢、透過筆尖的旅行，我
們又能重拾微笑，繼續往前走了。

──2020散文詩解讀競寫優勝

青春的追緝令
——讀商禽散文詩〈流質〉

　　　　　　　　　　　　　　　　　　　　　　紅紅

散文詩原作

〈流質〉／商禽

　　逃避了秋的初次搜索的一條夏天的尾巴躲在候車室內，把一個女子催眠為流質了。所有的男人都很惋惜；他們的眼睛都說：「完了！這可憐的，可愛的女子。她再也不能把自己和她的夢撿起來了，甚至用湯匙也不能……」

　　而我卻暗自歡喜。我想：「如果我能在這些液體還沒有被蒸發之前得到一張上等的棉紙就好了。我可以把那浮在面表的鉛粉以及口紅拓印下來，這樣，我在死後就有遺產了……」若非突來一股冷風將我冷卻，我也已經融為液體了。

解讀

　　第一次翻閱商禽的詩集，看見這首散文詩就非常喜

歡。讀了幾次不盡然全懂，因此希望用書寫的方式慢慢抽絲剝繭，以深度閱讀來解讀這首詩，提供不同面向的讀詩觀點。

　　首先，在這首詩裡，我認為有一個貫穿全文的本質，即春夏秋冬。而詩中的四季所象徵的本體則為相對應的女人之青春階段（少女、熟女、中年、老年）。以這個解讀的主軸，再由以下三個面向來探討這首詩。

一、夏天藏在哪裡？

　　這首詩裡的「夏天」雖然東躲西藏，在逃避「秋的初次搜索」，但卻是詩中很重要的角色。季節難以捕捉，因此我們只能用可以感受的「溫度」或眼睛可看見的「有形變化」來捕獲它，例如大地的「妝容」便是季節的明顯指標。在這個初秋時節，夏天的尾巴藏匿在候車室裡，也許是秋天全面佔領前最後一次的掙扎。它把一個女子催眠為流質以便躲過秋天，最後無力癱軟消失在地上只剩下浮出的鉛粉及口紅。

　　我們知道春夏是百花齊放的季節，色彩繽紛如同女人臉上豔麗的口紅彩妝，也如同「青春」。詩中第二段裡的我，或許是一個步入中年的女人，即那個逃往候車室的夏天尾巴。她看著候車室內一位年輕可愛的女子，心生羨慕，多希望自己能重拾那些亮麗的青春歲月，再燦爛一

次。可惜四季會更迭，而人的歲月不再，青春只有那麼一
次。因此，詩中的夏天，其實就是我的青春，我多想把剩
下的末端尾巴藏著，阻止秋天的來臨。即便最後，也希望
能在青春被完全蒸發前「得到一張上等的棉紙／把那浮在
面表的鉛粉以及口紅拓印下來／我在死後就有遺產了」。
在這裡除了看得出女人對青春深深的執念，也可以想像歲
月就如同一個照相館。櫥窗裡展示的寫真照，永遠是當時
拍攝時的模樣，即便影中人已不復在，那些顏色飽滿的肖
像，或許便是我唯一能保留的青春「遺產」。

二、女人是水做的？

　　在第一段候車室裡，被夏天的一條尾巴所「催眠」
的只有這名女子，而一群男子則目睹這一切。說明了這名
女子的「質地」看似固體，但遇熱會「融化」成液體。在
詩歌中，時常可見擬人手法，在這裡卻把人「擬物」了，
並且極為「誇飾」。這樣的書寫方式，呈現一種意識流動
裡的真實，即「超現實主義」。在商禽的詩裡，時常有這
般意識飛天遁地的遼闊，震攝著讀者的想像。第一段的開
頭我可以想像這位可愛女子就像一支可口的冰淇淋。因為
等候多時，在秋老虎炎熱的天候下融化了。「女人是水做
的」原本是一個刻板印象，在「擬物化」後，反而產生一
種趣味。

　　由上述四季的論點來看，這位候車室裡的女子應為正
值花樣年華的少女，卻被夏天「催熟」了，像一顆過熟的
蜜桃，融化成流質的糖水。我們知道少女（春天）是夢想
的萌發時期，在來不及實現夢想前，就被夏天催眠，在旁
人的眼中自是惋惜且可憐的。「他們的眼睛都說／這可憐
的／可愛的女子／她再也不能把自己和她的夢撿起來了／
甚至用湯匙也不能……」。在這裡，男人們的「眼睛」也
意味著一種世俗的、男性沙文的眼光，即女人一旦到了適
婚年齡（夏天）走入婚姻，便如流質一般依附著家庭，難
以撿拾自己「個體」的夢想。因此男人們的眼睛訴說著一
種嗟嘆與惋惜。

三、流質作為一種轉化與潛意識的流動

　　回到「流質」。在詩中其實不盡然是可惜的。詩中
的流質有一種「轉化」的象徵，化成流質的青春、夢想，
或許能藉由藝術轉化成詩篇、文字、繪畫、攝影等其它形
式。第二段裡的「拓印」正有這樣的意象。在道德經中，
水的流質具有許多美德而為人稱頌。隨著年歲漸增，水也
象徵一種修煉。將流逝的美貌年華，昇華為其它不會被時
間抹滅的美。

　　此外，流質貫穿整首詩，也象徵著「我」的潛意識流
轉。從第一段我在候車室裡看見這位年輕女子之後，反照

自身將逝的青春，而有了心理層面非理性的活動與穿行。如同一部意識流電影，整首詩裡，就連觀眾的對話也是心理層面的。例如第一段詩中描述的男人「他們的眼睛都說」，而事實上這個場景幾乎是靜止沒有互動交流的。一切都是詩中的「我」的直覺想像。「若非突來一股冷風將我冷卻／我也已經融為液體了」，這裡的一股冷風，暗示秋天已然成功捕獲我，我的意識流動由見著那位女子時所產生的羨慕，重新回到了現實。青春正是這般的不饒人哪！

　　　　　　　　　　——2021散文詩解讀競寫優勝

幸福可以穿牆嗎
──解讀商禽的〈穿牆貓〉

王育嘉

散文詩原作

〈穿牆貓〉／商禽

自從她離去之後便來了這隻貓，在我的住處進出自如，門窗乃至牆壁都擋牠不住。

她在的時候，我們的生活曾令鐵門窗外的雀鳥羨慕，她照顧我的一切，包括停電的晚上為我捧來一勾新月（她相信寫詩用不著太多的照明），燠熱的夏夜她站在身旁散發冷氣。

錯在我不該和她討論關於幸福的事。那天，一反平時的呐呐，我說：「幸福，乃是人們未曾得到的那一半。」次晨，她就不辭而別。

她不是那種用唇膏在妝鏡上題字的女子，她也不用筆，她用手指用她長長尖尖的指甲在壁紙上深深的寫道：今後，我便成為你的幸福，而你也是我的。

自從這隻貓在我的住處出入自如以來，我還未曾真正

的見過牠，牠總是，夜半來，天明去。

　　這是一篇談論什麼是幸福的詩作。借助貓／女人／牆
／鐵窗／雀鳥／冷氣等關鍵字眼構築一篇可讀性甚高，可
感又不易細解的詩作。

　　托爾斯泰說：「幸福的家庭都是相似的，不幸的家庭
各有各的不幸」，其實幸福二字並不如字面那麼容易定義
和理解，每人對它的內容和指標也是各有各自的感受和期
望值。

　　透過詩可以看出男女，一是異性間溝通不易，二是
期待對方的很不相同，三是語言的殺傷力可抹殺一切，四
是都非常主觀（比如寫詩不用太強照明）。先看此詩第二
段，令「鐵窗外的雀鳥羨慕」，「停電捧來一勾新月」，
「熱夏站身旁散發冷氣」，可看出女方的貼心／黏膩，是
用她覺得最溫馨熱情的方式對待男方。卻讓男方消受不
了，宛如籠中金雀般飛不起。此時窗之「內／外」，月之
「圓／勾」，氣氛之「熱／冷」一對比，便有了男人受困
不自在的意味。此即別人或女人認為的幸福，對男人來說
並非內心的期待，男女對幸福的生活內容落差甚大。

　　第二段是因，詩的第三段即是果，「錯在不該討論」

只是加速果的落地，是驗證男女對待什麼是幸福本即存在巨大差異，「未曾得到的那一半」只是攤牌明說而已，終至造成女人留下「爪言」，離家出走。至於「未曾得到那一半」的內容究竟是什麼，詩中並未明示，仍有待猜想探究。

　　第四段說女人「不用唇膏」「也不用筆」而用「長長尖尖的指甲」，說明了女人也有隱約的貓性，是隱藏的，不隨意顯露的，像貓不輕易出招的爪子，而這正是男人很想看到卻不易了解的，只有完全失去她時才能略略領會到。

　　再回到第一段，她「離去」「便來了這隻貓」，「進出自如」，穿窗透牆，什麼都「擋牠不住」。末段又說牠「出入自如」且「未曾真正的見過」，總是「夜半來，天明去」，鬼魅般不可捉摸。表示這種穿牆貓沒有界限和阻擋的怪咖，非可見／非社會化／只隱約存在／無法被馴服的野性對詩中男人來說才具真正吸引力，乃至自己也期待自己有這樣的本領。

　　無所不在又不可得，世間沒有這種貓這種女子這種幸福，商禽或許想抓住的是自己內心那種抓不住的自由的野性吧？

──2022散文詩解讀競寫佳作

矛盾「四起」，「不言」而喻：
試論瘂弦〈廟〉之矛盾美學

朱天

散文詩原作

〈廟〉／瘂弦

　　耶穌從不到我們的廟裡來；秋天他走到寶塔的那一邊，聽見禪房裡的木魚聲，尼姑們的誦經聲，以及菩提樹喃喃的低吟，掉頭就到曠野裡去了。

　　頓覺這是曠野，中國底曠野。

　　他們，耶穌說：他們簡直不知道耶路撒冷在哪裡？法利賽人在他們心中不像匈奴一樣。這兒的白楊永遠也雕不成一支完美的十字架，雖然──雖然田裡的燕麥開同樣的花。

　　整個冬天耶穌回伯利恆睡覺。夢著龍，夢著佛，夢著大秦景教碑，夢著琵琶和荊棘，夢著無夢之夢，夢著他從不到我們的廟裡來。

解讀

　　瘂弦,以其不多之詩作、獨門之風貌,早已成為學界關注的焦點,更曾被定位成臺灣當代經典詩人[1];然則,對於眾多讀者或研究者而言,〈廟〉這首寫於1958年3月的散文詩[2],應仍是一處相當陌生的祕境,值得我們潛心探訪、深度品味。

　　宏觀視之,「矛盾」實為此詩最主要的藝術魅力!筆者所謂的「矛盾」,其整體意義等同於「新批評」理論中的重要詞彙──「Paradox」(或譯為「悖論」):而根據「A paradox is an apparent contradiction that is nevertheless somehow true. It may be either a situation or a statement」[3]的解釋來看,詩人表現過程中之表面衝突與內在真實的共構,即是「矛盾」的主要特色;此外,從「In a paradoxical statement the contradiction usually stems from one of the words being used figuratively or with more than one denotation」[4]可知,詩作中的語言文字,其本義與言外之意的拉鋸、對

---

[1]　臺灣文學網。臺灣文學經典三十。檢自:https://tln.nmtl.gov.tw/ch/ m2/nmtl_w1_m2_c_6.aspx?Sid=110&k=%E3%80%8A%E6%B7%B1%E6% B7%B5%E3%80%8B。2021年9月14日。

[2]　瘂弦:〈廟〉,《瘂弦詩集》(臺北:洪範書店,1981年4月初版,2016年5月二版三印),頁274-275。

[3]　Thomas R, and Greg Johnson, *Perrine's Sound and Sense: An Introduction to Poetry, Eleventh Edition* (Boston: Thomson Wadsworth, 2005), pp. 112.

[4]　同前註。

照，即是「矛盾」誕生之根源──然而，就像「The value
of paradox is its shock value. Its seeming impossibility startles the
reader into attention and, by the fact of its apparent absurdity,
underscores the truth of what is being said」[5]所提醒的一
樣，不管表面激發出的衝突對立是何等地引人注目，「矛
盾」之終極價值，則立足在內在真實的充分彰顯上。[6]

　　細分之，〈廟〉所蘊含的第一項「矛盾」特色，即
展現於貫串全詩的關鍵句──「耶穌從不到我們的廟裡
來」，其表層解釋和深層內蘊的相互抗衡上：乍看之下，
詩人的敘述字面上似乎是在強調，耶穌從未造訪過我們的
廟宇；然則，若要適當理解此句之意義就必須先行釐清，
耶穌在此詩中究竟以何種身分登場？雖然有論者指出，
「瘂弦的詩歌」可謂「特別關注那些堪稱『人類的導師』
的聖者和殉道者：比如耶穌」，以表現其內心深藏的「悲
劇精神、救贖意識」[7]；但若僅將耶穌視為曾經實存的歷
史人物，則從瘂弦之立場來看，其筆下的「耶穌從不到我
們的廟裡來」，便只能當成意義不大的無病呻吟：因為一

---

[5]　同前註。

[6]　就此來看，筆者此處所謂的「矛盾」，其意涵亦可等同於由蘇東坡
　　所發揚光大的「詩以奇趣為宗，反常合道為趣」之「反常合道」
　　觀；詳見張伯偉編校：《稀見本宋人詩話四種》（南京：江蘇古籍
　　出版社，2002年4月），頁51。

[7]　田崇雪：〈論瘂弦詩歌的悲劇精神〉，黎活仁總主編：《瘂弦詩中
　　的神性與魔性》（臺北：大安出版社，2007年5月），頁90。

位古人，本就不會、也不可能來到我們現在的廟宇！故此，筆者認為在詮釋此句、此詩時，須從耶穌之神性身分著手，方能使後續之討論漸次開展、饒富意義。而根據《聖經》，耶穌是創造萬有之上帝的愛子，肩負了拯救世人的大使命[8]；其次，耶穌亦可視為「基督」，也就是統管全地的王者[9]——進而言之，倘若再結合基督教文化中極為重要的上帝創世論[10]，以及耶穌將廣傳福音[11]的相關描述，當可確認耶穌之步履其實是可以、也應該確實踩

---

[8]　詳見《聖經·馬太福音》，第1章第18-21節：「耶穌基督降生的事記在下面：他母親馬利亞已經許配了約瑟，還沒有迎娶，馬利亞就從聖靈懷了孕。她丈夫約瑟是個義人，不願意明明地羞辱她，想要暗暗地把她休了。正思念這事的時候，有主的使者向他夢中顯現，說：『大衛的子孫約瑟，不要怕！只管娶過你的妻子馬利亞來，因她所懷的孕是從聖靈來的。她將要生一個兒子，你要給他起名叫耶穌，因他要將自己的百姓從罪惡裡救出來。』」

[9]　在《馬可福音》第8章第27-30節裡提及：「耶穌和門徒出去，往凱撒利亞·腓立比村莊去；在路上問門徒說：『人說我是誰？』他們說：『有人說是施洗的約翰；有人說是以利亞；又有人說是先知裡的一位。』又問他們說：『你們說我是誰？』彼得回答說：『你是基督。』耶穌就禁戒他們，不要告訴人」；而在《哥林多前書》的第15章第24-25節，則是如此描述：「再後，末期到了，那時基督既將一切執政的、掌權的、有能的都毀滅了，就把國交與父上帝。因為基督必要作王，等上帝把一切仇敵都放在他的腳下。」

[10]　例如《創世紀》的第2章第1-2節便明確表述過：「天地萬物都造齊了。到第七日，上帝造物的工已經完畢，就在第七日歇了他一切的工，安息了。」

[11]　詳見《馬太福音》第28章第18-20節：「耶穌進前來，對他們說：『天上地下所有的權柄都賜給我了。所以，你們要去，使萬民作我的門徒，奉父、子、聖靈的名給他們施洗。凡我所吩咐你們的，都教訓他們遵守，我就常與你們同在，直到世界的末了。』」

踏在中國土地上的。依此而論，就〈廟〉之關鍵句意涵的
深層引申來看，瘂弦在全詩頭尾重複著墨的「耶穌從不
到」，正流露出一股本應出現、卻始終沒來的期待落差；
換言之，借助字面義與引申義之參照，瘂弦心中的遺憾之
情[12]，呼之欲出。

　　至於〈廟〉的第二項「矛盾」性質，則彰顯在耶穌既
曾於「秋天」時分「走到寶塔」，為何卻又「掉頭就到曠
野」？就此而論，除了應參考《聖經》中關於上帝──亦
即耶和華──極度厭惡用來供奉其他神明之「廟宇」的諸
般章節外[13]，或許下列這段小故事，能提供適切的思路：

　　　耶穌離開那裡，來到自己的家鄉；門徒也跟從他。

　　　到了安息日，他在會堂裡教訓人。眾人聽見，就甚

　　　希奇，說：「這人從哪裡有這些事呢？所賜給他的

---

[12]　對此，蕭蕭曾表示過類似的看法：「即使在瘂弦少見的散文詩〈廟〉
　　　中：『整個冬天耶穌回伯利恆睡覺。夢著龍，夢著佛，夢著大秦景教
　　　碑，……夢著他從不到我們的廟裡來。』瘂弦所要表達的，不是耶穌
　　　不屬於中國曠野，而是遺憾『耶穌從不到我們的廟裡來』，這樣崇慕
　　　基督教文明的詩作寫於一九五八年，但遲至一九九九年瘂弦才正式受
　　　洗為基督徒，瘂弦所享受的是基督教文明散發的氛圍，最終成為他心
　　　靈的歸屬」；詳見氏著：〈歷史文化裡的空間詩學：論《瘂弦詩集》
　　　聚焦的鏡頭應用與散置的舞臺效應〉，《空間新詩學：新詩學三重奏
　　　之一》（臺北：萬卷樓，2017年6月），頁62。

[13]　譬如像「你們不可做甚麼虛無的神像，不可立雕刻的偶像或是柱
　　　像，也不可在你們的地上安甚麼鑿成的石像，向它跪拜，因為我是
　　　耶和華──你們的神。你們要守我的安息日，敬我的聖所。我是耶
　　　和華」（《利未記》，第26章第1-2節）。

是甚麼智慧？他手所做的是何等的異能呢？這不是
那木匠嗎？不是馬利亞的兒子雅各、約西、猶大、
西門的長兄嗎？他妹妹們不也是在我們這裡嗎？」
他們就厭棄他。耶穌對他們說：「大凡先知，除了
本地、親屬、本家之外，沒有不被人尊敬的。」耶
穌就在那裡不得行甚麼異能，不過按手在幾個病人
身上，治好他們。他也詫異他們不信，就往周圍鄉
村教訓人去了。[14]

也就是說，即使在並未向世人明白揭露自己的神子
身分之前，就有許多人懾服於耶穌講道、醫病或趕鬼的大
能，但同時也有像上述引文中的同鄉之人般，忽視祂的神
奇，並待之以不信、排斥的態度；對於這些人，耶穌雖感
「詫異」，但最終什麼也沒說、什麼也沒做，就直接改道
前往其他願意接納、願意相信自己的地方──同理推之，
〈廟〉中的耶穌之所以「掉頭」，很可能就是因為傳入祂
耳中的「木魚聲」、「誦經聲」已清晰地提醒祂，另一群
更加不信上帝的佛教徒大量存在於中國之事實；而基於時
機未到的前提，此刻的耶穌便如同《聖經》中其他類似的
記載一樣，寧願走至源於上帝創造的自然「曠野」中，找

---

[14]　《馬可福音》，第6章第1-6節。

尋歸屬、繼續等候。[15]故此，依據「走到寶塔的那一邊」
與「掉頭就到曠野裡」所形成的顯著張力，詩人尖銳地指
出中國未信福音者多、只能靜候良機到來的事實。

　　不過，當耶穌來到「曠野」後，卻又極為戲劇化
地突然「頓覺這是曠野，中國底曠野」——而這亦表露
出〈廟〉中的第三種「矛盾」：西（以色列）和東（中
國）、古和今，以及人文和自然的衝突。具體剖析，此處
流露出的悖論色彩，即聚焦在儘管「耶路撒冷」[16]、「法
利賽人」[17]和「十字架」[18]對於耶穌的意義，「他們」

15　例如《馬可福音》的第1章第32-35節，便曾發生過類似的事情：
　　「天晚日落的時候，有人帶著一切害病的，和被鬼附的，來到耶穌
　　跟前。合城的人都聚集在門前。耶穌治好了許多害各樣病的人，又
　　趕出許多鬼，不許鬼說話，因為鬼認識他。次日早晨，天未亮的時
　　候，耶穌起來，到曠野地方去，在那裡禱告。」

16　從「耶和華建造耶路撒冷，聚集以色列中被趕散的人」（《詩
　　篇》，第147章第2節）可推知，「耶路撒冷」是上帝替猶太人所造
　　的聖地；而由「耶穌上耶路撒冷去的時候，在路上把十二個門徒帶
　　到一邊，對他們說：『看哪，我們上耶路撒冷去，人子要被交給祭
　　司長和文士。他們要定他死罪，又交給外邦人，將他戲弄，鞭打，
　　釘在十字架上；第三日他要復活。』」（《馬太福音》，第20章第
　　17-19節）則可更進一步確認，對耶穌來說，耶路撒冷更是祂憑藉
　　死而復活之神蹟，以向世人彰顯救恩的重要舞臺。

17　「假冒為善」是「法利賽人」的特徵（詳見《路加福音》，第12章
　　第1節）；但對耶穌而言更嚴重的禍患，則是「法利賽人」的惡劣
　　行徑即等同於「正當人前，把天國的門關了，自己不進去，正要進
　　去的人，你們也不容他們進去」（詳見《馬太福音》，第23章第13
　　節）；故此耶穌相當不滿「法利賽人」，而「法利賽人」也極力地
　　想「除滅耶穌」（參考《馬太福音》，第12章第14節）。

18　對耶穌而言，「十字架」一方面是殺死祂的刑具（例如《約翰
　　福音》第19章第1和第6-7節所說的：「當下彼拉多將耶穌鞭打

（也許即代表了瘂弦當時的中國人）一無所知；但透過
「雖然」一詞的一再出現，瘂弦刻意突顯了古、今、東、
西在自然層面所具備的共同點：「田裡的燕麥開同樣的
花」──而就《聖經》的立場來看，這些普遍出現的田間
野花，恰恰佐證了造物的神奇、上帝的存在：因為「自從
造天地以來，神的永能和神性是明明可知的，雖是眼不能
見，但藉著所造之物就可以曉得，叫人無可推諉」[19]；也
就是說，藉由人文之異與自然之同的對舉，瘂弦間接傳遞
了看似與中國人關係遙遠的基督教文化，其實亦有深根、
盛放的無窮可能。

　　最後，順隨時序之遞嬗，在陳述過秋天的短暫踏足
之後，瘂弦寫下了「整個冬天耶穌回伯利恆睡覺」並且頻
繁作「夢」的奇特詩句；而換個角度來看，〈廟〉所含藏
的第四種「矛盾」，便體現於耶穌夢中各式意象的兩極對
比。進而言之，儘管在自己的誕生地──「伯利恆」[20]所

了。……祭司長和差役看見他，就喊著說：『釘他十字架！釘他十
字架！』彼拉多說：『你們自己把他釘十字架吧！我查不出他有甚
麼罪來。』猶太人回答說：『我們有律法，按那律法，他是該死
的，因他以自己為上帝的兒子。』」）；另一方面，又是耶穌死而
復生的必要媒介（例如《馬太福音》第28章第5-7節之言：「天使
對婦女說：『不要害怕！我知道你們是尋找那釘十字架的耶穌。他
不在這裡，照他所說的，已經復活了。你們來看安放主的地方。快
去告訴他的門徒，說他從死裡復活了，並且在你們以先往加利利
去，在那裡你們要見他。看哪，我已經告訴你們了。』」

19　《羅馬書》，第1章第20節。

20　據《聖經》記載，耶穌出生在其父故鄉某間旅店的馬槽裡；詳見

作的夢看似紛繁多樣，但若暫時擱置就全詩脈絡來看討論
資源較為不足的「無夢之夢」，和前述已分析過的「從不
到我們的廟裡來」，剩下的夢中所見大抵上可約分為兩
類：其一，是按照基督教文化來看，不為耶穌所喜、且與
福音相違的「龍」與「佛」[21]；其二，則是與福音廣傳之
義相關的「大秦景教碑」[22]、「琵琶」[23]和「荊棘」[24]——
直言之，「大秦景教碑」和「琵琶」的共同交集，應象徵
著基督福音亦有在中國生根發芽、興旺茁壯的高度可能

《路加福音》，第2章第1-7節。

[21] 「龍」在《聖經》中曾被用來代表「魔鬼」，例如《啟示錄》第20
章第1-3節所記的：「我又看見一位天使從天降下，手裡拿著無底
坑的鑰匙和一條大鍊子。他捉住那龍，就是古蛇，又叫魔鬼，也叫
撒但，把牠捆綁一千年，扔在無底坑裡，將無底坑關閉，用印封
上，使牠不得再迷惑列國。等到那一千年完了，以後必須暫時釋放
牠」；至於「佛」，基於思想體系的迥異，自然也極易與福音保持
隔閡之狀態。

[22] 據學者研究，「在明朝天啟五年（1625）西安附近出土的大秦景教
流行中國碑」，曾「使當時的在華耶穌會士如陽瑪諾」等人「大為
震驚」，因為這間接證明了「以敘利亞語為教會主要語言的敘利亞
東方教會（The Assyrian Church of The East）」，早在西元「七世紀
初」便已傳「入中國」，且「唐人先後以『波斯教』、『大秦教』
稱之」的事實；詳見吳昶興：《真常之道：唐代基督教歷史與文獻
研究》（新北：臺灣基督教文藝出版社，2015年5月），頁1-2。

[23] 以「曲項琵琶」為例，其最早「約在公元350年前後」便「與五弦
琵琶一起由印度傳入我國北方，公元551年以前已傳到南方，後來
成為唐代音樂的主要樂器」；詳見王耀華、杜亞雄編著：《中國傳
統音樂概論》（福州：福建教育出版社，2006年5月），頁36。

[24] 與耶穌關係最近、最具代表性的「荊棘」，莫過於其死前被迫戴上
的「荊棘冠冕」；詳見《馬太福音》第27章第29節、《馬可福音》
第15章第17節和《約翰福音》第19章第2節。

性，至於「荊棘」則或許代表了神蹟發生前必經的血淚挫折與必付的沉痛代價──是故，通過數目之衡量、意涵之思索，在筆者眼中前述兩類夢境之併比同觀，即已微微道出就算暫且時機未到，但基督信仰終有一天會傳遍中國、傳遍四方；如同，睡而復醒、冬盡春臨。

　　總之，穿越全詩的四處「矛盾」，重譯瘂弦巧妙設置的「不」景，我們確實探索出了一些超出表象的美麗──〈廟〉之深意，自在其中。

鏡子裡的人真的是我？
──讀秀陶〈白色的衝刺〉

徐培晃

散文詩原作

〈白色的衝刺〉／秀陶

　　浴室的末端懸著一塊長四尺寬尺半的條鏡，每日在那裡我與自己約會，而後總是沒有隱祕，沒有人流淚。我回去，自己也回去

　　一天，我不該多瞪了幾眼，也難怪我。看到他悵然若失地木立著。下面是一個經年累月從菜場買回的大肚皮。而上面蓬蓬亂亂的如一本棄置於屋角的舊小說，兩眼懷著無奈的渴望我先是跟他細語著，問他需要些什麼？而後我不得不大聲地叫喊，大聲地幾已超過了我可能的音域，而他卻悽然欲泣，啊！這樣冷漠而極需同情的人，我乃不得不退了幾步，採一個開跑的姿勢，揚臂，向他衝去

　　而牆是白的，白得如我一樣強烈

解讀

　　浴室總是最赤裸的空間，在最赤裸的時刻，揭示照鏡人的身體、臉龐、四肢（外人得見的）、衣著覆蓋的體幹（外人不得見的）。

　　這張無法自我注視的臉龐、自身也無法時時見到的衣著下的軀體，讓我成為自己的外人，在浴間照鏡，在特定的時刻、在特定的空間、憑藉特定的物件，攤在眼前。原來我就是這張臉、這副體幹，赤裸裸彷彿沒有祕密，但又如此陌生。當我走出浴室，一切又回到原本的生活空間。

　　我是自己的陌生人。直到我開始注視這個陌生人──菜場買回的大肚皮是生活、蓬蓬亂亂的頭髮是小說般生命的記憶。日常的生活、生命的記憶如此大幅度改變一個人的身體，但生活的實況、記憶的細節都被略過了，導致我驚覺自己突然、已經變成這樣的人，如此陌生。但究竟原本的我該是什麼樣子，怕是說也說不清了。

　　在凝視的當下，赫然得見自我與過往的斷裂，面對背景不清、記憶模糊的另我，又怎麼能知道我／另我需要些什麼？

　　實質的需要已然隨著生活與記憶的忽略而被空白化處理，留下的，只剩欲望的痕跡，一種缺乏明確指涉的欲望，不斷驅使自我的本能，開始追尋，大聲叫喊。既是大

聲叫喊：需要些什麼？也是透過大聲的叫喊，確認我與另
我、與生活、與記憶的聯繫。

　　然而悲哀的是，強大的欲望想要，卻不清楚自己需
要什麼。連自身的需要都無法回答，當然也就無法自我定
位，於是悵然若失地木立、於是悽然欲泣、冷漠而極需
同情──自覺我就是那需要同情的人，卻不曉得自己需要什
麼，強大的欲望空缺感有待填補，要奔向自己、擁抱自己。

　　可想而知在身外求身、在我外求我的結果，終究是徒
勞。奔向鏡子裡的自己自然會是撞鏡／撞壁，然而追求的
過程本身就是解釋，即使過去已然模糊、未來不可捉摸，
當下的驚覺、衝撞的意志，即使最終仍然沒有留下痕跡，
依然一片空白，但當下的強烈生命力就是意義。

扮演神明的感受
──讀秀陶的〈神的感覺〉

楊瀅靜

散文詩原作

〈神的感覺〉／秀陶

　　自十八樓的窗口垂直下望。各色的車子，頭尾難分，只是些發亮的鐵片及玻璃。我以凝聚的目光阻擋它們，推動它們，我像炒豆子一樣混合、攪拌它們。行人被我推開百來尺之後方才伸出手腳成為人形。正在我下方時只是一個個摔扁了的鍋蓋。

　　我這樣的高高在上，眾生是那樣的渺小，那樣的微不足道，想來神大概便常有這樣的感覺吧。

解讀

　　一個人在高樓上所產生的神的感覺，是錯覺是誤識，卻能帶來短暫的滿足感。在散文詩的第一段中，詩人從十八樓的窗口往下望，感覺自己使用目光阻擋以及推動車

群，但實際上的情況可能是，紅綠燈的紅燈亮了，車子被阻擋下來；一旦轉換成綠燈，車子便又能再次推動，而這一切根本無關詩人的「神力」。接下來詩中描寫，詩人面對車群：「炒豆子一樣混合、攪拌它們」，對應到現實，詩句呈現出上下班的尖峰時刻，車潮湧現的塞車情況，各色的車子形成車陣，混合的緩慢的一起前進。而接下來從車寫到人，在詩人正下方的人類，他用「摔扁了的鍋蓋」形容，因為與詩人的視線太過垂直，下望時只看到行人的頭頂，反而可以自由想像是自己的目光，才使之「不成人形」，更遠方的行人，則因為戒慎恐懼，與詩人保持距離，才得以保全人身。

　　散文詩的第二段，施展想像魔力的詩人，內心繼而產生出神的感覺：「眾生是那樣的渺小，那樣的微不足道」，文中好像襯托出自己的高大，但筆者卻從中讀出另外一種相反的感覺，悲涼與諷刺的情緒油然而生。因為這樣的「高高在上」不是自然而然，而是一種人為製造，既然不能在日常生活中自作主宰，不如就登上高樓享受高人一等的滋味，但詩人總會下樓，下了十八樓之後，在人世間行走，也就與那些渺小的微不足道的眾生無異。

　　所以詩人刻意選擇不在自然界的高山登高，從山上下望自然界的好風光，會使人心胸開闊，眼界寬廣，正如同杜甫〈望岳〉：「會當凌絕頂，一覽眾山小。」毫無阻隔

的自然美景，會激發出人的雄心壯志與遠大抱負，進而產
生正面感受。而在城市裡登高，放眼望去並沒有壯闊的景
色，只有車潮與人群，和林立的高樓大廈，反而更能感覺
在寸土寸金的城市裡立足，是多麼不容易的事，這些密密
麻麻的阻礙，只能用想像力一一消滅。所以藉由登上十八
樓來獲取神的感覺的人，筆者只能感受到他胸中的不平之
氣與鬱悶之情，必須自以為是神，來抒發與排解。轉眼之
間，他轉身下樓，又回歸於人群當中，去做那個渺小的螻
蟻，被生活中的神明（或許是老闆長輩父母，也可以將一
切全都歸因於命運）所擺佈操控，身不由己。唯有登上高
樓的那一刻，才能發洩出內心所有的憋屈，而暫時忘卻自
己也是眾生的一員。

　　　　　　　　　　　——2020散文詩解讀競寫佳作

回放人生的電影
──讀秀陶散文詩〈VCR〉

紅紅

散文詩原作

〈VCR〉／秀陶

　　現在，只要007的嘴角一翹，我就知道他要出什麼點子；羅密歐死去活來怕不有上百次了；教父雖說口齒不清，他那幾句臺詞我也能倒背如流……總之家中僅有的幾卷錄影帶，被我老是看老是看看熟了，看膩了，看厭了。

　　今天，我自機器中抽出放了一半的那卷光屁股打架的影帶，乾脆自己一頭鑽了進去，平躺下來，我要放我自己。

　　不耐煩把帶子回捲到開始的地方，我就自目前倒著朝前面放，看到自己戀戀地退著走路，我笑，看到不是我付錢給人，而是大家付錢給我，我笑得更開心。看到幾張親切的長久少見的面容，我傷心。看到我滿臉的淚水，一滴滴地流回眼眶，我悲慟得更厲害。最喜歡，一看再看的，還是同女孩子在一起的那幾段。我把幾十年反來覆去看了

好幾遍，最後總算弄清楚了。好傢伙，住出了感情，算得
是故鄉的有九個；國籍共是四個……

　　直到妻進房來找，我才嗖地一聲，自機中跳出來，那
時屏幕上什麼都看不到了，只有漫天的風雪，就像是把帶
子放到明天去了那樣。

解讀

　　這首散文詩〈VCR〉選自秀陶詩選《會飛的手》。秀
陶的散文詩讀來有一種幽默自如，卻舉重若輕，深深擊中
生命議題，引導讀者探索生存的孤獨以及對自身處境的觀
照。這首詩我認為詩人寫的是主角晚年生活的寫照，而以
老夫妻的互動切入，讓讀者看見主角處境的一個橫切面而
有所反思。我試著逐段解讀如下。

　　第一段作者描述家中的幾卷VCR他已經看過上百次，
對於劇情對白倒背如流。「只要007的嘴角一蹺／我就知
道他要出什麼點子／總之家中僅有的幾卷錄影帶／被我老
是看老是看看熟了／看膩了／看厭了」這不正是許多人
的退休或晚年生活寫照嗎？每天面對另一半，缺乏對外社
交，和家人的對話互動行禮如儀，如熟爛百分百可預測的
劇情臺詞。

　　第二段「我自機器中抽出放了一半的那卷光屁股打

架的影帶／乾脆自己一頭鑽了進去／我要放我自己」故事
中的主角似乎開始有了一種覺醒，即便他已經無法有充裕
的時間以及機會「演自己」的人生，至少可以試著「放自
己」，把自己的一生拿來「回顧」。在某些人生階段裡，
總是可以找到我們自己領銜主演的電影吧！

　　回顧的時間軸，他選擇「自目前倒著朝前面放」，於
是「看到自己戀戀地退著走路／看到不是我付錢給人／而
是大家付錢給我／看到幾張親切的長久少見面容／看到我
滿臉的淚水」時間的流逝是無法追回的，透過記憶的「回
放」，得以在影像中把失去的找回來。因為回放，所有的
一切得以「逆轉」。這個「逆轉」像是一種精神上的「補
償」，主角因而在這樣的補償中得到撫慰，如同淚水「一
滴滴地流回眼眶」。

　　其中「最喜歡／一看再看的／還是同女孩子在一起
的那幾段／最後總算弄清楚了／好傢伙／住出了感情／算
的是故鄉的有九個／國籍共是四個」這裡所謂的「住出了
感情」存在著一個弔詭。由於VCR是倒著回放，住出了感
情，有可能是對方對主角「住出了感情」，而主角並沒
有。透過回憶，主角更能清晰過往的情感「流向」，而這
或許更令他唏噓不已。

　　最末段「直到妻進房來找／我才嘎地一聲／自機中跳
出來／那時屏幕上什麼都看不到了／只有漫天的風雪」可

以想像VCR播放完畢時，老式電視呈現沙沙的白噪音以及屏幕上一片白茫茫的電視雪花。這時主角的妻子突然出現了，使他瞬間從甜美苦澀的回憶逆旅中跌出至現實。而現實如同使人生厭的黑白點屏幕，缺少內容，沒有風景，如同下也下不完的漫天風雪，「就像是把帶子放到明天去了那樣」。人生至此，或許只有那卷自己主演的VCR回憶錄可聊以慰藉。詩的最後一句道出了主角的處境以及深深的無奈。

　　　　　　　　　　──2022散文詩解讀競寫優勝

災後見偉，物我同心
——楊牧〈高雄・一九七七〉試析

朱天

散文詩原作

〈高雄・一九七七〉／楊牧

　　這時你覺得比甚麼時候都接近，接近著一個偉大的
港。你在燥熱的空氣中醒轉。你，何嘗不就是我？我也從
燥熱的空氣裡醒轉：我親眼看到的，在豪雨的夢中……

　　我彷彿坐在山巔上注視著港，潮濕模糊的高雄，前有
大海後有平原丘陵和跳躍跳躍的心——在豪雨的夢中——
港在新聞紙上，汗在新聞紙上。不要眼淚。

　　彷彿換了一個方向，坐在距離海面七千公尺的高空，
判讀一張深綠色的地形圖。這時還有一班列車從高雄出
發，那燈火將帶我北上，切過重巒和疊嶂，我的骨結，越
過河流和急湍，我的血管。

　　我，何嘗不是你？風雨打過我的重巒疊嶂，氾濫我夏
天的血管。我停電，你沉入黑暗；你停電，我關閉所有輕
重工業的廠房。

（七・廿八）

解讀

　　相對於分行詩來說，楊牧的散文詩作品確實堪稱少見──但在僅僅八首散文中，卻有四分之一的比例與「高雄」有關；進而言之，儘管〈高雄・一九七三〉應為楊牧「高雄書寫」之始，[1]但就深情與奇想之共鳴來看，〈高雄・一九七七〉更令人心折。[2]

　　就該詩頭尾所標註的年、月、日推測，〈高雄・一九七七〉所立足的現實環境，當與一九七七年七月廿五日「賽洛瑪」颱風直襲高雄造成超過數十億新臺幣之巨大損失，密不可分──故此，該詩開端的「港」之「偉大」，在「這時」格外讓「你」覺得最為「接近」的原因，或許便是在歷盡風災後，高雄人民展現出的強韌生命力，充沛深切、至為感人。

　　更具體來看，不管當時與高雄的實質關聯究竟為何，但基於同情共感之胸懷、細膩真摯的想像，筆者相信楊牧對於一九七七年盛夏的高雄，必定抱持著極為強烈的悸動──尤其是，對那在宛如夢魘的「豪雨」重重鞭笞之後，卻依舊「跳躍／跳躍的心」！而興許正是受到高雄人「跳

---

[1]　楊牧：〈高雄・一九七三〉，《楊牧詩集 I》（臺北：洪範，1994年5月），頁576-577。

[2]　楊牧：〈高雄・一九七七〉，《楊牧詩集 II》（臺北：洪範，1995年10月），頁17-18。

躍的心」之鼓舞，雖然詩成時距風災肆虐不過短短三日，但楊牧仍然秉持積極正向的態度，譜寫出兼具尊嚴與希望的詩句：高雄的「港」值得被「新聞」報導，高雄人的辛勞「汗」水值得被世界關注；但高雄「不要眼淚」──哪怕是巨災剛離、劇痛仍存。

而當詩人試著轉換視角，從原本「坐在山巔上注視著港」的聚焦細察，改為「坐在距離海面七千公尺的高空」宏觀南臺灣大地時，楊牧所捕捉到的不再是蘊含滿滿愁緒之「潮濕模糊的高雄」，反倒是「一張深綠色的地形圖」、「一班列車從高雄出發」等生機盎然的動靜事物──換言之，當我們能以更加寬廣的心胸來看待世界時，或許便能像楊牧一般，發掘出創傷之後的希望、悲悽之餘的方向。

最後，比起對未來之期許，〈高雄・一九七七〉一詩中更令人動容的，終為楊牧針對災難當下由衷而發的「同在」精神──從首段之「你，何嘗不就是我」與末尾「我，何嘗不是你」所展現的人同此心，到「重巒和疊嶂」與「我的骨結」之聯繫、「河流和急湍」與「我的血管」之綰合，皆充分彰顯了物我合一、主客相融的特殊心境：於是，颱風對高雄的迫害便等同於自身所受到的重擊，而所謂的「停電」、「沉入黑暗」與「輕重工業的廠房」之「關閉」除了是對客觀景物的實際描摹外，更象徵了詩人內在世界大規模的深慟沉哀。

孤獨卻悠長的背影
──蕭蕭〈仲尼回頭〉解讀

陳政彥

散文詩原作

〈仲尼回頭〉／蕭蕭

　　走過曲阜斜坡，仲尼曾經三次回頭，一次為顏淵、子路、曾參、宰我，一次為孔鯉、孔伋，另一次為門口那棵蒼勁的古柏。

　　走過魯國開闊的平疇，仲尼只回了兩次頭，一次為遍地青柯的不再翠綠，遍地麥穗不再黃熟，一次為東逝的流水從來不知回頭而回頭，回頭止住那一顆忍不住的淚沿頰邊而流。

　　走過人生仄徑時，仲尼曾經最後一次回頭，看天邊那個仁字還有個人在左邊，稱起天上的那一橫和地上的那一橫，留個寬廣任人行走。

解讀

　　散文詩放棄了運用詩行調節朗誦的聲音設計，也放緩了各種自鑄新詞奇句的語法修辭變化，如何透過敘事手法及場景安排來凸顯詩意，即是散文詩成功與否的關鍵。這首〈仲尼回頭〉描述平實，沒有超現實變形的情節發展，仍能觸動人心，極耐咀嚼，實得力於蕭蕭巧妙安排。

　　詩分成三段，分別按照三次、兩次、一次回頭的遞減順序進行，但是詩中的境界層級，卻又分別是家鄉之愛上升到國族感懷，最後到達自我實踐的最高圓滿。三段有著形式與內容的巧妙搭配，讀者也能感受詩中境界逐次拔高，平淡敘述當中有著大巧若拙的布局。

　　孔子一生周遊列國，離開故鄉曲阜不知幾次，回頭不會只有三次，所以這裡的三次，就是孔子最切身的三種牽絆。蕭蕭先將顏淵、子路、曾參、宰我排在孔子的兒子孔鯉、孫子孔伋之前，可以知道在孔子心裡更掛念學生，會為了學生們品德學業的成長而開心，會為了學生愚昧不受教而生氣，也會為了弟子們悲哀的下場而痛徹心扉。孔門弟子們鮮明的面孔，比孔鯉、孔伋立體得多。古柏樹立門口，是孔子出門回家必經的畫面，一如文化地理學給我們的啟示，古柏代表家的地景，是孔子對家之眷戀的具體示現。古柏放在第一段的結尾，除了是離開家鄉最具體的

意象，也是孔子放下私生活，轉向國家公眾事務關懷的界線。

　　第二段走過魯國平疇，代表孔子奔走政務，青柯翠綠、麥穗黃熟表示國家風調雨順，百姓安居樂業的景象。可惜亂世之中，這種平凡生活的美好想像只是奢求，向前走是想找到賞識國君讓他一展抱負，但是仲尼卻必須在魯國之外尋求伯樂，此中百轉千迴的心思誰能理解，於是回頭再看看故國一眼。第二次回首明顯用了「逝者如斯夫！不舍晝夜」的典故，也是孔子對一生事功落空的感嘆。更進一步來看，一二段都有具體時空場景，但第三段卻在一個不落實處的人生仄徑，我們可以解讀為第二段結束，孔子的肉身時間已經到了盡頭，眼角的淚，感觸時間逝者如斯，也是對生命最終的不捨與無奈。

　　在說故事的技巧中，往往會運用「三」的技巧。也就是第一、二次場景或情節有延續性，但是第三次就會有一個出人意外地跳躍，這個技巧在這首詩當中也可以看到應用，前兩次回頭都是實體場景，分別指涉家鄉與國族，第三次則跳躍到抽象的想像當中，「仁」字是孔子諄諄教誨的儒家思想的核心，蕭蕭借拆解仁字，成為人、二部分，上下兩橫成為天地，其中還有一人挺立其中，撐起天地，一方面體現孔子的思想，認為天地之間，人的生活方式，要有依循人／仁的理想及需求所搭建起的禮義來規範，人

的生活才能更寬廣。一方面也體現了後人對孔子的看法，天地之間有了孔子提出了儒家思想，讓更多人依循，也開闊了中華文明的視野，那一人正是孔子的背影。

　　散文詩的妙處，在於看似散文，不用語法句式及韻律節奏，但是以景物比喻象徵情緒概念，看似白描卻盡得比興堂奧，蕭蕭用最具體的詩作證明了蘇紹連的主張：「散文詩，它自身存在，本質肯定是詩，絕不是散文。」，無怪乎此詩廣泛受到讀者的傳唱與喜愛。

思鄉情悽悽然
──讀莫渝散文詩〈情願讓雨淋著〉

葉寶木

散文詩原作

〈情願讓雨淋著〉／莫渝

家鄉，該落著溫柔的雨吧！

走在異國沒有騎樓的街道，情願讓雨淋著。一把傘能撐住我多少的憂愁？想到異國字典上Taiwan（FORMOSA）解釋為：西太平洋的島嶼和國家，首都臺北；不禁悽悽然。情願讓雨淋著。

走在異國寬敞的林蔭路，情願讓雨淋著。一把傘能代替我多少的思念？隔著遙遠遙遠的鄉愁，即使夢裡，猶覺身是客；不禁悽悽然。情願讓雨淋著。

走在異國寧靜整齊的墓園，情願讓雨淋著。一把傘能網住我多少的心情？野草正滋長蔓生於無法憑弔追思的墳頭；不禁悽悽然。情願讓雨淋著。

家鄉，該落著溫柔的雨吧！

解讀

　　〈情願讓雨淋著〉具有深層的氛圍渲染力，以及對於家鄉幾近痴情的思鄉病。整首〈情願讓雨淋著〉有很強的結構對比性。由於結構上的意匠經營，讓〈情願讓雨淋著〉不僅情感真摯，也很有效的表達出詩人本身的意念。雖然清晰呈現了莫渝對愛鄉的理念，但由於對詞語的情感著力編織，加上遣詞用字的細膩度，因此也呈現出十分抒情的一面。特別是「悽悽然」的重複出現，加上首尾的「情願讓雨淋著」的交相呼應，更令人在閱讀時彷若置身其中。

　　首先，「騎樓」對比「無騎樓」，「國族意識」對比「國族無意識」。詩人走在他國沒有騎樓的街道，對比的是臺灣不少建築物都有騎樓的設計。與其撐傘，不如就讓雨淋，回想並感受著臺灣騎樓建築特色的美好。就算撐傘，也是無法撐著詩人內心的焦慮憂愁，擋不住「悽悽然」。原因在於國外字典對臺灣的解釋，與臺灣字典的自我的詮釋，有著截然不同的情況。

　　接著，「夢」與「現實」的對比。真實的異國縱然有寬敞的林蔭路可走，仍無法走出夢裡也出現的種種鄉愁。即使就在夢中，那種客在異鄉的疏離感與孤寂，仍引發內心的「悽悽然」。與其撐著傘，躲在林蔭下避雨，還不如

就讓雨淋著，回想家鄉溫柔的雨。

　　此外，尚有「可憑弔之墳」與「無法憑弔之墳」的對比。異國的墓園雖然寧靜整潔，但走在其中還是免不了想起家鄉。這些國外的墳都是異國人可憑弔之墳。至於家鄉的墓園裡，因詩人身在國外而有著無法憑弔追思的墳頭，那些墳頭也寂寥的滋長野草，觸動詩人內心的「悽悽然」。因此情願讓雨淋著，讓自己不忘卻那些令人感傷的墳頭。

　　「情願讓雨淋著」共出現了六次，除了技巧上的重章疊唱之外，也體現出在遙想溫柔的家鄉，家鄉溫柔的雨，以及鄉愁的悽悽然時，都是心甘情願的感受與承擔著。〈情願讓雨淋著〉首尾相連，都是「家鄉，該落著溫柔的雨吧！」即使人在異國，當雨落下來時，無論有沒有傘，是否有避雨處，由於鄉愁使然，都讓人懷想起「家鄉溫柔的雨」。沒有任何一把傘能夠抵擋著鄉愁的雨，然而，家鄉的雨卻又是如此的溫柔，既然如此，索性就「情願讓雨淋著」，爽快的沐浴在家鄉的溫柔之雨中吧。

　　　　　　　　　　　　　──2020散文詩解讀競寫佳作

一幅苦悶的浮世繪
——自析散文詩〈鴨子〉

蘇紹連

散文詩原作

〈鴨子〉／蘇紹連

　　一條長板的椅子上，坐著五個人。車子在另外一個市鎮緩緩駛著，由於地形傾斜，由於距離遙遠，時間似乎沒有向前走。路旁電線桿荒謬的影子，拉長，縮短，不斷的重複這種苦悶的動作。

　　有一個人將頭往背上一縮，閉目，像一隻鴨子。有一個人把頭垂掛在胸膛上，隨風搖擺，晃蕩。有兩個人背靠著背，後來，就從背部進入對方的身體休息。另外一個人，有一張肩平的嘴，從嘴角流出游絲一般的歌，在寂靜的空氣中哼唱。他們是如此，在站牌下等候。鴨子，他們都是苦悶的鴨子。

解讀

　　這是一首散文詩，但是我把它看作一幅浮世繪。

　　在印象中，浮世繪是日本的一種民間繪畫，亦即浮現了民間的風俗、人物、風景等情事，尤其是以優俳、武士入畫為其特色。浮世繪反映了日本舊時代的民間生活，且因其簡鍊的線條及鮮明的色彩，而予人深刻的印象。我自讀〈鴨子〉這首詩，竟然如見一幅日本的浮世繪。〈鴨子〉是《隱形或者變形》詩集（註）裡的一首散文詩，原詩如下：

　　一條長板的椅子上，坐著五個人。車子在另外一個市鎮緩緩駛著，由於地形傾斜，由於距離遙遠，時間似乎沒有向前走。路旁電線桿荒謬的影子，拉長，縮短，不斷的重複這種苦悶的動作。

　　有一個人將頭往背上一縮，閉目，像一隻鴨子。有一個人把頭垂掛在胸膛上，隨風搖擺，晃盪。有兩個人背靠著背，後來，就從背部進入對方的身體休息。另外一個人，有一張肩平的嘴，從嘴角流出游絲一般的歌，在寂靜的空氣中哼唱。他們是如此的，在站牌下等候。鴨子，他們都是苦悶的鴨子。

　　這首詩描寫在站牌下等候公車的五個人。如果是畫，顯然是一幅人物畫。畫面簡明，只有三樣硬而直的景物：一條長板椅子、路旁的電線桿和一根站牌，以及五個坐姿

不一的人，除此之外，什麼都沒有，沒有樹，沒有房屋，畫面大部分是一片空白，讓人只得把眼光焦點集中在這五個人身上。

也許這是一個偏遠的小市鎮，交通並不發達，沒有自用車的，想來往於各市鎮間，只有搭乘公車了。車子少，是土地的幸運；然而，臺灣的土地已被過多的車子踐踏得面目全非，尤其是城市及其周圍的衛星市鎮，更為嚴重。〈鴨子〉此詩中的市鎮顯然是較接近鄉村，也許在臺灣東部、也許是在西南部的鄉下，所以還能看見這麼一幅等車的畫面。

等車的地點不是在車站，而是在途中的某一站牌下。站牌孤零零的矗立在路旁，幾百公尺之間望不到第二根站牌，細細長長的圓桿上頭掛著一塊方形的牌子，上面寫著站名，讓來往的過客暫且得知這是什麼地方。站牌下有一條長板的椅子，供乘客候車時坐憩之用，當班車不多或脫班的時候，這一張長椅子則益加變得重要，乘客等候個把鐘頭以上，若沒坐候之處，則只能枯站如同那根站牌了。詩的第一段只說椅子上坐著五個人，並沒加以描述，而把重點擺在第二句和第三句，先讓我們對此詩的時空有所了解，第二句說：「車子在另外一個市鎮緩緩駛著，由於地形傾斜，由於距離遙遠，時間似乎沒有向前走。」發現了一個怪異的現象：

1.動：車子（緩緩駛著）

2.不動：時間（沒有向前走）

動或不動的影響因素相同：都是「地形傾斜，距離遙遠」。

他們等候的車子是在另一個市鎮緩緩駛著，為什麼不能快速行駛呢？從斷取詩句來看，是由於「地形傾斜」，所以車如烏龜爬行，當然慢吞吞，也由於「距離遙遠」，車子不堪長途跋涉，或許已如老邁的馬匹了。

車子在行駛當中，為什麼說「時間似乎沒有向前走」呢？也斷取本詩句來看，仍是由於「地形傾斜」「距離遙遠」，班車始終未到達或難以到達，而令人感到時間還停留在原地，沒有向前走。永遠是等車的時間，而沒有車到的時間。

車子動，時間不動，這種怪異矛盾的現象只能說是現代人在處理時空問題上的一種幻覺，而實際人類生活體驗上可能是非常確切的。

第一段的第三句說：「路旁電線桿荒謬的影子，拉長，縮短，不斷的重複這種苦悶的動作。」如果時間是在白天，陽光照射下，電線桿的影子從「拉長」到「縮短」，或從「縮短」到「拉長」，合理的解釋是隨太陽上

下午移動的方向而改變其影子的長短，可是電線桿卻是不斷的重複拉長縮短的動作，時間上絕不是一天之間的事，而是好幾天以上，那麼，等車的五個人，不也等了好幾天嗎？顯然這是「荒謬的影子」，而這種「拉長縮短」的動作又象徵什麼？何以是苦悶？其原因之一，是影子拉長及縮短非出於自願，而是受太陽的控制，影子不能自主，它自以為拉長是對人世間的擴張聲勢，縮短是對人世的退卻畏懼，它像小丑，像阿Q，非常不自在；其原因之二，是象徵重複而單調的生活，尤其是同一動作，已變成機械式的行為，拉長也好，縮短也好，說它自得其樂，倒不如說它無聊作賤，再也毫無生命的意義，所以它是「荒謬的影子」，它做著「苦悶的動作」。

　　苦悶何只路旁的電線桿，最苦悶的應該是坐在長板椅上等車的五個人！詩的第二段完全刻劃了這五個人的肢體面貌，線條勾勒就如浮世繪的畫風，五個人分為四種不同的形態，試分述如下：

　　第1種、「有一個人將頭往背上一縮，閉目，像一隻鴨子。」

　　等車應是引頸翹首向車來的方向張望，期盼車子會突然在路的遠端出現，而這個人卻「將頭往背上一縮」，料必頸子已痠痛，只好把頭縮向背部，不再張望了，而且閉上眼睛，默默候車，動也不動，看也不看，其內心能想什

麼，車子不來，又能想什麼，閉目不張望，表示對車子來不來，不抱任何希望。來或不來，照樣等下去。這樣頭縮向背又閉目的一個人，呈現的是「畏縮」的狀態。

第2種、「有一個人把頭垂掛在胸膛上，隨風搖擺，晃盪。」

這樣的描繪，好比畫了一棵枯樹，掛著一個破舊的燈籠，在荒郊野外，隨著寒風的吹拂而搖晃；這是寫等車的人，頭垂掛在胸前，想必他非常的無助無力，或者他心事重重，正低頭沉思，然而頭顱隨風搖擺晃盪，莫非此人等車等得都身心俱疲，而任其頭顱呈現「軟弱」的垂掛狀態，他已無力操控自己的頭顱。

第3種、「有兩個人背靠著背，後來，就從背部進入對方的身體休息。」

這兩個人以背相靠，不失為一種自力互助的辦法。原本目的在等車，後來轉變為「休息」，為什麼？其實，等車的時候向來也是休息的時候，若車子久久不到，「等」真是一個難熬的時刻，所以採取「休息」的想法讓身心取得平衡，而不易產生焦躁感。這兩個人妙在「從背部進入對方的身體休息」，把別人的身體當作休息區，或者當作一個帳篷、一間屋子、一個搖籃、一個洞穴，讓自己的身體進入，在裡面休息，讓兩人的身體交錯互為利用，而形成一種重疊的魔幻意象。

　　第4種、「另外一個人，有一張扁平的嘴，從嘴角流出游絲一般的歌，在寂靜的空氣中哼唱。」

　　這句是描述第五個等車的人，他與前四位截然不同的地方是他並非靜默無聲，他是在唱歌，以唱歌打發時間或發抒內心的苦悶。他有一張扁平的嘴，此嘴形不易張開，說話或唱歌的聲音薄而弱，所以他唱歌是從「嘴角」「流出」，且是「游絲一般」的歌曲，聲如游絲，氣如游絲，也可說這個人身體氣力不足，非常衰弱。他這樣在「寂靜的空氣中哼唱」，除了打發時間外，是否在傳遞什麼訊號？或藉歌曲透露什麼心聲？沒有人知道。只是空氣凝重而寂靜，他的聲音雖如游絲，但照樣在空氣中劃下了綿延不絕細細弱弱的痕跡。

　　以上五個人未知是男女老少，更未知他們的身分職業，但也已感覺到他們都是偏僻市鎮間的社會下層人物，沒有自用車，出外遠行全依賴公共交通工具，他們剛好同時在同一站牌下坐在同一條長板椅上等車。

　　此詩看似只寫五個人的等車記，但其實真正要表達的是「苦悶」兩字，亦即「人生的苦悶」。何以見得這五個人是苦悶的？他們在站牌下候車的目的，無非是前往某個地方，這個地方也許就是他們的某一個理想或某一個境界，是烏托邦也好，是煉獄也好，他們將要前往。人類的追求或毀滅不也如！其次，他們前往某一個地方，可能要

進行某一項任務，擔負某一項工作，履行某一項約定，他們不得不去；人類的使命感或欲望感讓人類澈底粉碎了自我！也許為了改善生活的貧困，為了保障工作，為了完成學業，為了種種需要，他們要離開家鄉，搭車離去前往他鄉。這不是人生某一部分的寫照嗎？

可是，他們像鐘擺停擺了，時間似乎沒有向前走，車子在另外一個市鎮久久不來，他們不能按時到目的地去實踐他們的任務或約定，因而，他這樣的無助，正足以代表人生苦悶的一面。再深一層研究，可歸納為兩個原因：

一、「下層人物的生活，受限於上層人物所訂的體制」，公車班次少，沒車的下層人物或學生若要上班上學，或一般百姓要遠行，若來不及搭上車，再等下一班則要花費一小時甚至二小時以上時間（有些鄉村班車次數更少，少至上午一班、下午一班），訂定這麼少的班次造成下層人物生活的不便，而班次的多寡不是公車機構裡的上層人物所制訂的嗎？

二、「空間影響時間；人類受限於空間，因而無法操控時間」，由於車子在距離遙遠的市鎮緩緩行駛著，又由於地形傾斜，車子行駛困難，因此影響了車班原訂的時間，這些下層人物如何有車可乘而準時到達他們的目的地？人類不可能任由自己

隨意什麼時候到，就能什麼時候到，而是要先估
計距離、估計交通路況等空間因素。等車的這五
個人若連估算的能力都沒有，又能如何去操控乘
車的時間呢？

　所以，這五個人就像路旁的電線桿，任由太陽（代
表時間）玩弄著自己的影子，不斷的重複著苦悶的伸縮動
作。而詩的第二段對五個人則譬喻為「鴨子」，他們有鴨
子的姿態、鴨子的嘴，他們像鴨子被遺棄在站牌下，不知
何時何處去；他們等著車，要是車子永遠不來，他們也可
能永遠等下去。人從誕生到死亡，無非是一個「等」字的
話，那麼，人生無奈，的確是像這五個非常苦悶的人。鴨
子，他們都是鴨子，而你我呢？

活著傷，不絕脈動
──讀蘇紹連的散文詩〈水脈〉

紅紅

散文詩原作

〈水脈〉／蘇紹連

　　最近氣候驟變，我們在地層下交往頻繁，血液中除了電話就是電子信件，經過街道巷弄，轉角過去就是橋樑，然後爬上鼻端或額頭，釋放的我們就在田野的上空盤旋。

　　天地之間的氣流推擠勾合我們，無人看見，變化如天體流轉，形成一種氣象；一株細頸子的小黃菊不忍凝望，或凝望我們而亡；不忍結合或結合我們而亡；不忍排斥，或排斥我們而亡；氣流的形狀，無以癒合生物最初的傷口。

解讀

　　這首〈水脈〉散文詩收錄在蘇紹連於2007年出版的《散文詩自白書》。詩被歸納在「無形散文詩」的篇章裡，或許因為語言上較為精煉且抽象，讀起來頗具2017年

出版的《無意象之城》裡「無意象詩」的雛形，透過許多「現象」的描述，營造出一種飄渺、較不具象，卻充滿詩意的語境。如同作者在《無意象之城》裡提到的：「『無意象詩』可能讓讀者臆測到一些沒有形體憑藉的『偽意象』，反而增添無意象詩豐富的可讀性」。賞讀這首詩正有這般的趣味。

　　首先，看到詩題「水脈」不難理解這首詩藉著水的循環流動來對應人體的血液循環。而血液攜帶著什麼呢？第一段提到的「電話、電子信件」包含了聲音語言以及文字，另外還有「電」，亦即無形的電流傳輸，象徵著溫度、情感，透過聲音語言及文字來傳遞交流。而血脈也可以引申至文化的傳世延續。

　　前兩句「最近氣候驟變，我們在地層下交往頻繁」點出了這首詩的背景：秋冬或初春季節，動植物藏於地下洞穴。然而我們在地層下仍透過上述語言文字「交往頻繁」。這裡的「地層下」也可以解釋為「下意識」或「私密的」。儘管肉身禁錮，我們的交流暢行無阻，與身體脈動，而蒸發的汗水、呼出的水汽，進入大地，飛往天空，如雲一般自由。由於這樣的循環交流，「形成一種氣象」。而氣象可以是正面的也可能是混沌的。

　　第二段「小黃菊」的出現，有如一個旁觀者的角色，詮釋了這首詩的意義。小黃菊「不忍凝望，或凝望我們而

亡；不忍結合或結合我們而亡；不忍排斥，或排斥我們而亡」。相對於人類單向的出生至老死，植物象徵著生死循環不絕，向下落土是死，同時是生。此外，植物的特性正是結合天與地，呼應了第一段的交往。其實，無論這株小黃菊凝望我們與否，「我們」注定走向死亡。這裡的不忍，或許是詩中的「我們」，相互的不忍與憐惜——憐惜生命或愛情其「悲劇的必然性」。

末段最後兩句「氣流的形狀，無以癒合生物最初的傷口。」生物最初的傷口，指的是身體裡的血，也是直到「死去」才會「癒合」的傷口。這裡呼應了前面的不忍，也同時有一種「春蠶到死絲方盡」的深情。我們因為傷，得以活著愛，也因為死去而癒合，存在著一種難解的矛盾。而第二段提到的「結合／排斥」也是血與血之間會產生的現象。既結合又排斥，再次呼應並加深了前面的矛盾。

第一段敘述我們傳遞的文字語言或愛，或許可以視為這首詩的喻體，而水脈、血脈是喻依。小黃菊、氣流是現象，於矛盾晦澀中也同時帶出了希望：只要水脈血脈還在，我們的語言、文字，甚或愛，便得以生生不息。

——2020散文詩解讀競寫優勝

一個「獸」字，多層涵義
──讀蘇紹連散文詩〈獸〉

李桂媚

散文詩原作

〈獸〉／蘇紹連

　　我在暗綠的黑板上寫了一隻字「獸」，加上注音「ㄕ
ㄡˋ」，轉身面向全班的小學生，開始教這個字。教了一
整個上午，費盡心血，他們仍然不懂，只是一直瞪著我，
我苦惱極了。背後的黑板是暗綠色的叢林，白白的粉筆字
「獸」蹲伏在黑板上，向我咆哮，拿起板擦，欲將牠擦
掉，牠卻奔入叢林裡，我追進去，四出奔尋，一直到白白
的粉筆屑落滿了講臺上。

　　我從黑板裡奔出來，站在講臺上，衣服被獸爪撕破，
指甲裡有血跡，耳朵裡有蟲聲，低頭一看，令我不能置
信，我竟變成四隻腳而全身生毛的脊椎動物，我吼著：
「這就是獸！這就是獸！」小學生們都嚇哭了。

解讀

　　蘇紹連1990年於爾雅出版的《驚心散文詩》，收錄有六十首散文詩作品，蕭蕭在序文指出，1974年至1978年之間的「驚心散文詩」系列，是「蘇紹連詩創作的第一個高峯」，洛夫亦言：「蘇紹連的出現，意味著中國詩壇一種新的可能，他運用多變的意象和戲劇性的張力，為現代人繪出一顆受傷的靈魂」，顯見蘇紹連散文詩的文學定位與藝術價值。

　　《驚心散文詩》這本集子裡，最為知名的散文詩作品當屬〈獸〉，詩作從小學老師教導學生認識「獸」字寫起，或許是因為「獸」字的筆畫較為複雜，也或許在小朋友單純的世界裡沒有壞人，老師卯足全力講了半天，孩子們依舊無法理解什麼是「獸」。緊接著詩人安排了虛實交錯的場景變換，「暗綠的黑板」成為通往「暗綠色的叢林」的通道，白色粉筆寫下的「獸」字也成為草原上奔跑的野獸，老師躍身進入叢林，試圖追上那隻獸，沒想到當老師從叢林回到講臺，竟發覺自己「變成四隻腳而全身生毛的脊椎動物」，亦即「獸」，不顧一切想要教會小學生認識「獸」字的老師，比著自己、拼命對臺下大聲吶喊著：「這就是獸！這就是獸！」孩子們看到老師激動的樣子，一個個都被嚇哭了。

　　人變成獸看似超現實，但從小學老師這個職業來看，〈獸〉一詩其實描述了老師不願當困獸，想盡辦法要教會學生的精神。「白白的粉筆屑落滿了講臺上」意味著老師在黑板上寫了又寫的辛勤，「衣服被獸爪撕破，指甲裡有血跡，耳朵裡有蟲聲」是形容老師聲嘶力竭的狼狽模樣，整個人變成「獸」則是教學方法的不斷嘗試，當語言說明無法讓學生理解，老師進一步導入圖像教學，透過視覺性的觀看搭配上聽覺性的講述，提升學習成效。

　　值得一提的是，這首詩不只是人轉化為獸、黑板轉化為叢林，回到「獸」字本身來思考，「獸」當名詞是擁有四隻腳、全身長毛的脊椎動物，當形容詞則是野蠻的。詩作一開始，老師在黑板上仔細詮釋的，是客觀的文字意義，屬於名詞的「獸」，但轉入詩作後半部，獸開始咆哮，老師也變成一隻猛獸，對著學生們吼叫，名詞的「獸」頓時成為形容詞的「獸」，帶給學生極大壓迫感的怪獸，此處也可說是對填鴨式教育提出的批判，老師將學習內容一直強加給學生，但這真的是學生想要的嗎？

　　再者，老師跟學生是上對下的權力關係，孩子們會被嚇哭是因為害怕老師的威權，而害怕也來自他們對未知的莫名恐懼，對於「獸」字的陌生。小學生不懂「獸」字，同時隱喻著他們不懂社會的險惡，有些人可能是衣冠禽獸，人性背後隱藏著獸性，詩人不只是刻畫教學現場，亦

試圖寫下社會縮影。一個「獸」字，多層涵義，這正是蘇
紹連《驚心散文詩》的迷人之處。

論蘇紹連〈獸〉的自畫像

蔡知臻

解讀

　　「獸」作為現代詩書寫的主題，是相當鮮明且具特色。以詩題來看，蘇紹連〈獸〉即是重要的作品。蘇紹連的作品〈獸〉收錄於其詩集《驚心散文詩》當中，他以散文詩的創作最具影響力，當然後來他也多嘗試各種不同主題、效果的書寫，包括混語詩、攝影詩、無意象詩的詩集出版等等。李翠瑛在討論蘇紹連的詩作時指出詩人常於詩作當中反思人是什麼的問題，更反射詩人探索的存在意義，極具存在主義的範示，詩人從觀進而論人，「這種態度是詩人審視世界的切角以及馳騁想像的方式，所以詩的幕後藏『人』，幕前卻以『物』的發展與變化暢快其情境的進行。暗中寫人，表面寫物。」〈獸〉一詩也是這樣的狀態，表面寫獸，但卻在超現實的書寫中從我轉換成動物（獸）的過程當中，於不同於人的狀態承載了更多「詩人自身」的經驗與情狀。

　　蘇紹連是一位曾於臺中任教的國小老師，這首詩一開

始就出現「獸字」的教學，也俏皮的忠實反映教學現場的苦惱，而當黑板變成叢林、「獸字」變成「真獸」之時，這詩的超現實感就迸發出來，敘事者我感受到獸對自己的咆哮，想擦去卻無法，於是上演人捉獸的追逐戲碼。第二段敘事者我從黑板（叢林）跳出來，卻變成一頭真的獸時，小學生的反應並不意外，都受到驚訝般的哭了。筆者以為這首詩可以從兩個角度分析，一為佛洛依德的本我、自我的概念，詩中的「我」代表詩人的自我化身：國小老師的狀態，而「獸」則是承載原始的獸性，視為本我，當自我無法追趕而壓抑本我的同時，本我就會顯現出來，就如第二段的詩作所表現的狀態一般，也連結上述李翠瑛對蘇紹連詩的「寫物、卻不是物，而是寫人」的概念來看，詩人所要寫的獸並不是真的獸，而是最原始內心、心中之「本我」的狀態，更是回望指涉自身的書寫狀態，所以本詩中的獸，當然是詩人的自畫像（本我自畫像）。

　　第二個分析角度借鑑夏曼‧藍波安提出的「男人魚」（Merman）理論，此理論重視人有動物性、動物也有人性的辯證與交混問題，夏曼‧藍波安以自身達悟族原住民的身分，加上成長環境、生活經歷與家鄉之地方特色的洗禮，用小說筆法呈現出「人、魚」交混的行為、姿態、習性，即為「男人魚」的表現，夏曼‧藍波安的概念階段與想像世界應為「人─男人魚─魚」，這首蘇紹連的詩作

中也在詩境營造下，從國小老師與「獸字」之間的關係，流變為獸的形體與表現，而這隻獸仍交混了詩人之內心原型的心靈狀態，是一種情動力的游移與動態狀態，可謂呈顯出一個「非人也非獸」的新生主體，建構成這首詩所反映、描繪的「自畫像」。

　　　　　　　　　　──2021散文詩解讀競寫佳作

詩之呼吸型
──變形之〈劍〉

陳鴻逸

散文詩原作

〈劍〉／蘇紹連

　　我拾回一隻生鏽的手臂，它已好久未曾拿筆寫詩、作畫，未曾和愛人、朋友的手交握；它的皮膚斑駁，鏽得一片片剝落。它是一隻令我流淚的手臂，我在失去它的日子裡，也失去擦淚的動作。

　　我焚燒詩稿，用熊熊的火來熔化它、冶煉它，它不只是一隻手臂，它應是一把劍，從火光中高高的舉起，揮向黑暗；不，它原是我的手臂，曾舉起鮮明的旗幟，走在人生抗爭的路途上。

　　它曾被砍斷，失落。但是，它現在被鑄成一把銳利的劍。[1]

---

[1]　蘇紹連，〈劍〉，《隱形或者變形》（臺北市：九歌，1997），頁29。

解讀

相對《驚心散文詩》裡奠立的二段模式，突顯「因
（正面）—果（驚心）」的張力效果，[2]《隱形或者變
形》的詩作多數承續同樣的二段架構外，還有部分的「變
形」企圖。如〈劍〉成形三段，結構上有了「一段」小突
破，尤以手臂之失並不以為失，因為它依然有著銳利的
「變形」，成了一把劍「揮向黑暗」，隨同過往曾經的手
臂走在人生抗爭的路途，失去於是增強，黑暗於是光明，
失落於是重鑄。

回顧詩人早期詩作，不論是「河悲」或是「驚心」系
列，「變形」成為是一種動態，或可說「變—形」的連動
關係，標示著「變」的意向才是反應外在之外（象）的核
心思想，也可以說不斷透過「變形」的物作為呈顯外在事
物、徵點或現實的姿態。然而形式上的變並不是為形式而
形式，詩人曾說過，重要的在於意象的經營，語言與結構
是為了意象得以推演的基礎，其中結構更扮演了從構思到
完成的動態歷程／概念，以此回頭審視過往名篇〈獸〉等
便能得知。

2　也有學者認為「驚心」系列則屬於二截式的機械化結構，將詩作切
　　分成二段的暗喻構造，第一段為喻依，次段為喻旨，通常以後段為
　　前段之辯證歸結。請參閱林燿德：〈黑色的自由書－蘇紹連風格概
　　述〉，《文藝月刊》第208期（1986年10月），頁52。

那不屬二段結構的〈劍〉呢？第一段依然屬於正面
的描述，也可說是「喻依」的效果，但應該在第二段就出
現的「驚心」效果，卻被遞放在第三段，第二段成為延滯
帶，結構改變意象（圖像）經營，也被移帶到不同的場景
中暫時懸掛。如此書寫看似改變了結構，卻不見得具有比
較好的閱讀性，也可能造成字句其中部分詩句過於贅述，
截斷了詩句扣合的張力、衝擊。

那〈劍〉成功或失敗了嗎？以「驚心」二段結構而言
或許是，但以「變─形」散文詩的企圖來說，卻是剛開始
而已。[3]誠如詩人〈三個夢想（後記）〉[4]言，散文詩雖
不如分行詩跳躍性思考，卻能夠透過文字強化語意的縝密
性。尤以詩人「偏愛」散文詩的關係，如何將散文詩努力
開發及拓展，都在詩人的各種書寫表現上看其用心處。

簡言之，散文詩有不同呼吸型，二段是三段是多段
亦是，「變─形」提醒讀者，不被舊有框架與形式限制，
看看三段、多段的散文詩帶來的效果是什麼？詩會呼吸變
幻，〈劍〉便是一型。

---

[3]　《隱形或者變形》裡尚有〈風鈴〉、〈沙漏〉等詩都脫出二段結構
　　模式。

[4]　蘇紹連，〈三個夢想（後記）〉，《隱形或者變形》（臺北市：九
　　歌，1997），頁225。

歸鄉路是一條長得很長很長的渴望
──讀詩人蘇紹連的散文詩〈老木箱返鄉〉

篤文

散文詩原作

〈老木箱返鄉〉／蘇紹連

　　他把自己摺疊在一個老木箱裡，然後蓋著，上鎖。拿到某物流公司將箱子以船運的方式遞送到一座童年的，邊緣的島嶼。

　　他在進入老木箱之前，已經先在木箱裡面貼滿家人臉孔的照片，貼滿過往的生活。他在進入照片之前，先劃出位置給遺忘的人，用位置等候了一個即將要返回的人。他在進入位置之前，先用彩色的玻璃珠映照射著海的光芒，用衣架把雲和雨水倒懸，用螺絲把天空釘緊在鍍鋅鐵片上，用偽裝死亡的假寐給自己安置一個房間。他在進入房間之前，輕輕敲醒黑貓與貓的黑色，讓貓變白，變為磁磚上的光影；而他把自己和家俱殘片混合複製在磁磚裡，像鳥屍一樣再也飛不起來。他在進入老木箱之後，他和木箱裡的物件一一鑲嵌，他逐漸變身。

　　老木箱遞送到了邊緣的島嶼，沒有人從照片裡出來，沒有人離開位置，沒有人看見房間，沒有人是掛勾，沒有人勾住他的關於狗的綠色冥想。沒有人打開他。

解讀

　　詩人蘇紹連的這首散文詩「老木箱返鄉」彷彿是為上個世紀的老兵所寫，整首詩裡沒有一個悲字，讀者的心卻放牧在他筆下意象所營造的悲涼情境裡，久久無法抽離。這首散文詩鋪陳了魔幻寫實與戲劇效果，其所展現的火焰彷彿是從理性的波光瀲灩中燃燒湧出。

　　當年那些國民兵多數尚且是懵懂的少年，跟著國民政府來到臺灣，有些人甚至終身未婚，堅信總有一天他們的蔣委員長會帶他們衣錦還鄉，因為蔣中正先總統曾允諾這些軍人：「帶你們來，就要帶你們回去」。這首散文詩的切入點不是控訴誰，也非自怨自艾，無悚動激情的畫面，而是緩緩地以第三人稱的視角冷靜地觀察與書寫。雖無醜陋不堪的畫面，但在字裡行間，讀者可以感受詩人凝鍊細膩的筆鋒所帶來的刻骨銘心衝擊。讀後，心中迴盪的盡是蒼涼與悲愴。詩人勾勒出上一代的悲劇，道出飄泊者的淒涼，彷如「寄蜉蝣於天地，渺滄海之一粟」。詩人最後選擇以「沒有人打開他」的遺忘方式終結這首詩，但卻開啟

讀者悲天憫人的反思。

　　義大利作家伊塔羅・卡爾維諾Italo Calvino（1923-1985）在《給下一輪太平盛世的備忘錄》這本書曾說：「現實生活與文字總是太過沉重，因此我們得學會用輕去駕馭它們」。也許這樣子的輕盈對讀者反而是一種救贖。

　　這首詩的第一句「他把自己折疊在一個老木箱裡」暗示的就是死亡，老木箱具有念舊的情懷。以船運的緩慢運輸方式「運送到一座童年的邊緣的島嶼」寫出返回最純真的故鄉，那裡不是繁華的大城市，而是島嶼的偏遠鄉村。

　　在他死亡前，那只老木箱存放了家人的照片，貼滿過往生活的點點滴滴，但疏離到幾乎讓人遺忘曾有的過往。沒想到有一天自己也成為被人遺忘的其中一份子。「他在進入位置之前，先用彩色的玻璃珠映照射著海的光芒」顯示身前他也曾擁有光耀奪目的輝煌過去。「用衣架把雲與雨水倒懸」表示他也曾呼風喚雨。而今，他的天空不再是廣袤的藍天白雲，而是「用螺絲把天空釘緊在鍍鋅鐵片上」的老木箱內，裡頭盡是無邊際的暗黑。

　　「用偽裝死亡的假寐給自己安置一個房間」他活著時就曾假想自己在死亡後，被裝於老木箱內。「他在進入房間之前，輕輕敲醒黑貓與貓的黑色」黑貓在中國傳統文化是指吉祥，但黑色則表示悲傷與哀悼，這句話指的是經歷人生的悲喜。「讓貓變白，變為磁磚的光影」人生到頭來

免不了一死，用白布蓋屍，遺照則是轉印在白色磁磚上的最後一抹餘暉。「而他把自己和家具殘片混合複製在磁磚裡」似乎說明自己的身影與關聯的景物都被複印在磁磚上了。無論榮華富貴或是貧賤孤苦都不重要了，他已「像鳥屍一樣再也飛不起來」。「他在進入老木箱之後，他和木箱裡的物件一一鑲嵌，他逐漸變身」他的一生都化成一只木箱內的物品了。這裡感受到虛實交錯的強烈悲淒。

　　「老木箱遞送到了邊緣的島嶼」終於返鄉了。接著連續六個句子的開頭是「沒有人」，「沒有人從照片裡出來」「沒有人離開位置」「沒有人看見房間」「沒有人是掛鉤」「沒有人勾住他的關於狗的綠色冥想」「沒有人打開他」，一句接一句，句句皆冷雋深刻，堆疊起來增強全然的孤寂與無力感。掛鉤是一種彼此的牽掛與連結的東西。狗是人類最忠誠的朋友，象徵那些老兵對蔣總統的忠貞不二，「沒有人勾住他的關於狗的綠色冥想」他像是坐在門口的一條狗，無人在意他所凝望的翠綠山坡，或在意他所眺望遠鄉的那條歸路是否開滿了希望。悲哀的是竟沒有人願意解開他的枷鎖！

　　詩人蘇紹連以一雙冷靜而略顯嚴峻的眼凝視「他」，從折疊進入木箱、上鎖、船運，以及在進入老木箱的前、後與到達目的地後的情景，看似淡然且疏離卻潛藏一股深層的悲憫與滄桑。那只老木箱收納他的缺憾與怪異，沒有

人打開他，就讓一切封存在木箱裡吧！沒有人在意那只老木箱的隱退消失，也沒有人會牽掛他們的存在。詩人蘇紹連以參差的文字與錯落的孤寂讓隱遁的情緒忍不住潰堤，思念的浪潮不斷湧現。詩人筆下一句句的「沒有人⋯⋯」像是為那個時代子然一身的老兵發出一聲聲的控訴。蘇老師寫下這首散文詩，像是為那些老兵而寫，讓灰色的記憶再次點光。在那個年代，返鄉對老兵而言，是一條很遙遠的路。老兵的凋零象徵那段歷史的逐漸封存，彷如那只上鎖的老木箱。詩人蘇紹連的這首散文詩〈老木箱返鄉〉就像法國詩人波特萊爾（Charles Pierre Baudelaire 1824-1867）所說的散文詩具有：「靈魂的抒發，夢幻的起伏以及良心的悸動」。蘇老師把失聯的日子再次繫上了微風，他所勾勒的紋理與景致讓那只老木箱在炎涼世道下釋出難以忘懷的味道。

——2021散文詩解讀競寫優勝

從杜十三〈螢火蟲〉、
蘇紹連〈讀信〉
──讀詩的美學中多元、糾纏的特質

郭至卿

散文詩原作

〈螢火蟲〉／杜十三

　　‧灰燼懺悔成為光。

　　我跪在一片黑暗中懺悔

　　面對自己的罪，天是黑的，地是黑的，雙手伸出可及的四周也是黑的，然而，值得安慰的是，我還擁有一片沒有雜音的寂靜，可以用來傾聽自己真實的心跳──心跳聲中有父母的嘆息，有情人的啜泣，有斷裂的琴音，有囂狂的歌詩，有貪婪的酒齡，有瘋癲的妄語，也有山河的迴響，草木的輕嘯，海水的拍擊，鐵軌的震顫，輪渡的警笛……慢慢的，我聽見母親呼喚自己名字的聲音，聽見淚水滾落地面的聲音，聽見一群毒性翅膀拍動的聲音──

　　一群螢火蟲，從我童年的草叢中起飛了，牠們正穿過重重的黑暗趕來為我照路，要帶我回到四十年前老家門

口，那灣清澈、無邪的河畔。

散文詩原作

〈讀信〉／蘇紹連

撕開信封，你信紙上的那些黑字游出來……

那些黑字興奮地向四面八方游去，然後，自四面八方艱苦地向我游來。每個字均含著淚光，浮浮沉沉地游著，游到了我的身體上……

有的字在我的袖子裡潛泳，有的字停泊在我的臂灣中，有的字失去知覺，在我的口袋裡沉下去，有的字抽了筋，掉在我的膝蓋上，有的字嗆了水，擱淺在我的衣領上，有的字被我的食指彈回去，有的字在我的鼻樑上嬉戲浪花，有的字在臉頰上的淚珠裡仰泳，有的字被我的眼睛救起，有的字渡不到我身上，便流失。

從彼岸游到此岸，是這般興奮又這般艱苦嗎？

解讀

詩的特質可以跳躍、可以有旋律、律動，更能超現實放進魔法般的效果。文字是詩的素材，透過文字的美學設

計，作者要表達的情感，甚至可以穿越空間與現實中的作者結合。詩文猶如感情的河流、光芒，淹沒作者、讀者。現在以杜十三的〈螢火蟲〉、蘇紹連的〈讀信〉，看詩的形式設計上，詩人如何把自己、過去、讀者和文字做情感上的超時空連結。

從〈螢火蟲〉傾聽詩人杜十三黑暗中的聲音～

＊營造對比場景

　　詩人觀看內在的心靈活動，是微妙的思考脈絡。如黑暗中光的點或線。心、精神狀態是安靜的，才能循著絲光，看到、聆聽思緒騎乘黑暗奔馳著。黑暗的意象是靜謐、深沉。此時，黑暗反而是光也是孵出光（思緒、心靈活動）的火苗。

　　詩中「灰燼懺悔成為光」經歷種種人生的階段，身心如灰燼，黑暗中的灰燼，亦熄亦燃，是一種掙扎、訴說、線索。詩人把自己比喻成螢火蟲在黑暗中懺悔成為光。通常內心的情感往往被世俗、生活掩蓋。這首詩中螢火蟲在黑暗中的光，帶詩人回到心靈最深層，挖掘潛在的聲音，這些聲音也是光。副標題「灰燼懺悔成為光」呼應最後一節，「一群螢火蟲，從我童年的草叢中起飛了」即詩人內心的許多道光、思緒、回憶被導引出來。

＊亮光擦出不同的聲音

黑暗中的思索、懺悔，是光的點、線。此時詩人聽到輕、重不同的心跳聲，從深層心靈被挖掘出來。「我還擁有一片沒有雜音的寂靜」這是一種自覺的心靈。詩中「傾聽自己真實的心跳」，「心跳」二字是一種詩人本身真實存在的意識，也是挖掘內心的脈動。

這股被掩蓋的光（情感），「有父母的嘆息」（親情），「有情人的啜泣」（愛情）「有斷裂的琴音」（好景不常的際遇）「有囂狂的詩歌，有貪婪的酒酣，有瘋癲的妄語」（年少輕狂的年代），「也有山河的迴響，草木的輕嘯、海水的拍擊，鐵軌的震顫，輪渡的警笛」（打拼、奔波、江湖的人生）。最後回歸最初，對母親、家鄉的情感。此時心境的澎湃洶湧，如螢火蟲振翅。螢火蟲的光引導出內心潛在的能量與亮光、情感，彷彿帶詩人回到家鄉那片純淨。黑暗中螢火蟲的光是火苗，詩是路徑。人生各階段的光、情感、經歷，在詩中一一浮現。讀這首詩，讀到詩人內心洶湧的亮光，也從詩獨特的美學特質，讀到文字中多元、交錯的情感。

從〈讀信〉讀詩人蘇紹連文字中的波濤

＊活潑、動感的開場

一開始「撕開信封」即拉開場景。

　　或許因民族性，在表達感受上較保守，一般人不輕易表達感情，詩中「那些黑字興奮地向四面八方游去」如拉開心情的拉鍊，情感傾巢而出。「然後，自四面八方艱苦地向我游來」，象徵終於不畏艱難也要對詩中主角表達內心。

　　第二節，文字平實卻將讀者情緒帶至高點。詩中的「字」各是不同的情感，各自停留在不一樣的地方。「每個字均含著淚光，浮浮沉沉地游著，游到了我的身體上……」。仿彿將終於表達的情感拉到高點，是一種安慰與欣喜。

　　人一生有父母的親情、友情、愛情、對人事物的執著與愛恨，都是不同的「字」、不同的情感糾纏。隨著詩的旋律各自停留在袖子、臂彎、口袋、膝蓋、衣領、鼻樑、臉頰、眼睛，即使抽筋、嗆水、被彈回去，仍不畏艱辛，也要游到詩中主角身上。分別是各種情感的執著。

　　＊以「字」為符號

　　用文字為感情的符號，每份不同情感受到的挫折不同，所以詩中安排游的過程也分別受到不同的阻礙。在主角身上停留的位置也不同，有的嗆水、有的被食指彈回去、有的在淚珠裡仰泳。諸多感情如此艱辛，詩人用文字表達如此曲折的路徑。

　　這首詩一開始「撕開信封」即撕開詩人、詩中主角、

寄信人、許多有感情互動的另一方，情緒的裂口，情感如洪水奔竄，激情又婉約，不帶濃郁的文字色彩，卻能引起讀者共鳴。

　　這兩首詩藉詩的特質，以超現實手法，平實文字的比喻、連想，把人生不同的愛恨情仇，以現實的際遇引導出內心境遇，佔領讀者情緒。不同表達內心、情感的方式增加詩的多元、趣味性。這是詩的魔法和演出。

從羅蘭巴特的「作者式」閱讀
──讀杜十三散文詩〈刀子〉

郭至卿

散文詩原作

〈刀子〉／杜十三

　　仇恨本身就是刀子，一旦起心動念，必然留下傷痕。

　　他在一只蘋果上插進一把銳利的刀子，然後想像著他的敵人掙扎、痛苦的模樣。

　　如此，他才似乎心平氣和了些，然而每隔一陣子，他會把刀子抽出來，又在蘋果上不同的位置恨恨的刺下第二刀─整個下午，他就一直重複著這個復仇的動作，還不到太陽下山，一整簍滿滿的蘋果很決（編按：原詩寫「決」，唯據前後文意，應為「快」）的就被他戳得稀爛並且散滿了一地。他的眼睛，也因為過度的仇恨而佈滿了血絲。

　　天暗時，他筋疲力竭的走進洗手間洗滌雙手和刀子。他走後，一股鮮血終於忍不住的，從被洗得雪亮擱在一旁的刀尖淌下，迅速的染紅了已經光潔如鏡的洗手檯。

解讀

　　二十世紀最重要的思想家之一，羅蘭巴特鼓吹，文學作品的目標是讓讀者不再只是消費者，而是能成為一個文本的生產者。讀者在閱讀的過程中得到啟發，也必須把自己當成作者冒險犯難，再創造出意義。這是一個有趣的探險！

　　世間的仇恨如深淵，不見光。受害者在深淵內掙扎、攀爬。

　　〈刀子〉這首散文詩中的「他」，痛苦如刀插進他的心，作者把這種情緒、痛楚，轉移到蘋果，蘋果是甜美、幸福的象徵。刀插進蘋果，是蘋果代替自己被傷害。同時也暗指原本的幸福、身心、生活被破壞。也是把蘋果想像是敵人。

　　痛苦有發洩的管道，如作者寫「如此，他才似乎心平氣和了些」。然而痛苦之事豈止是一道傷痕，世間的磨難往往舊創新傷交織分秒，如何平復？

　　「然而每隔一陣子，他會把刀子抽出來又在蘋果上不同的位置恨恨的刺下第二刀」，作者刺下的是造成傷痛的人事物，也是刺入身心已形成的傷痕，因為沉痛，刺入的反作用力才能激發無聲、強大的反抗。

　　「刺下」這個動作是一個對話的開始。「整個下午，

他就一直重複著這個復仇的動作」，這是內心一股強大的力量與迫害者作深度、無聲的談判。

迫害者和受迫者之間，文本中的「他」，顯然是受迫者。「他在一只蘋果上插進一把銳利的刀子」、「每隔一陣子，他會把刀子抽出來，又在蘋果上不同的位置恨恨的刺下第二刀──整個下午，他就一直重複著這個復仇的動作」，文本中的「他」，把自己是受迫者轉為「自己是主人、有權勢的一方」，甚至是「迫害者」，他用這個幻象，來複製強、弱，加害、被迫害的關係，並加以「顛覆」。

當文本中的「他」和傷痕、痛苦、加害者完成對話，即「被他戳得稀爛並且散滿了一地」時，「他筋疲力竭的走進洗手間洗滌雙手和刀子」，如同完成一種儀式，他必須潔淨自己再回到真實裡。

羅蘭巴特主張，讀者無需找尋作者在文本中所藏的意義與祕密，而應把注意力放在讀者和文本間所進行的創造性對話，也就是讀者要化身為另一位作者。

如這首〈刀子〉的作者，在最後寫到：「他走後，一股鮮血終於忍不住的，從被洗得雪亮擱在一旁的刀尖滴下，迅速的染紅了已經光潔如鏡的洗手檯」。

文本中的「他」和迫害者的對話、談判中，「刀」是媒介。但當他因刺下蘋果而得到暫時痛苦的救贖時，

「刀」卻變成被迫者。

　　自刀尖滴下一股鮮血，此時當讀者化身為作者時，又何嘗不是讀者的鮮血如注，染紅洗手檯。同時也是被迫成為加害者的「刀」所留下無法言語的血。

　　這首散文詩，作者巧妙地把讀者拉進來，不知不覺間，讀者也與傷痕、往事進行對話。這是「刀子刺下蘋果」為文本中的他進行復仇、談判之外，延伸的意義。

迴盪在空虛的吠聲裡
──試解陳鴻森的散文詩〈空虛的吠聲〉

林篤文

散文詩原作

〈空虛的吠聲〉／陳鴻森

　　那位老兵，把正在嬉戲的狗招來，狗搖著牠的尾巴，親熱地舔著主人的手。似乎是溫情地摟著那狗；但突然淒厲的一聲，只見他正以著狗的頭部，用力向牆頭摔去。那瞬間，我彷彿看到──忠誠──像閃耀在陽光下的玻璃碎片，而太陽無疑是比什麼都更近於權力中心的。

　　狗那間歇性的抽搐，是正和不名的某地打著旗語嗎？牠遲滯的眼睛，已開始映著遙遠而陌生的風景……。轉眼，活生生的狗，已成了他餐桌上熱騰騰的香肉，他正有味地咀嚼著狗所留下的過去。

　　而後，每當我經過這殺戮的現場，總會聽見──那隻狗，在我看不見的某處，正對著牠那失落的過去，吠叫著──的空虛的吠聲

　　　　　　　──1973.04.30＆《笠詩刊》55期1973年6月

解讀

　　美國古典文學家Edith Hamilton（1867~1963）在〈悲劇的理念〉中說：悲劇屬於詩人，唯有他們「漫步在陽光燦爛的高崗上，從不和諧的人生中彈出一曲清音。」唯有詩人能寫出悲劇，因為悲劇正是藉著詩神妙的力量將痛苦昇華。（曾珍珍譯）

　　老兵對我而言是上個世紀的悲情人物，這首散文詩裡狗是悲劇角色，老兵卻化身為食狗肉的狗主。身為老兵後代子孫的我乍讀此詩，很排斥其具高度指涉性的語言，內容既驚悚又悲愴，但超越文字的表面性，我終探索其弦外之音。

　　第一段：當主人叫喚正在嬉戲的狗，溫情地摟抱牠，卻出其不意地用力將狗頭甩向牆面。「－忠誠－像閃耀在陽光下的玻璃片」，太陽象徵當年無可挑戰的權威，忠誠是狗與軍人的特質，如今狗在光天化日下成為閃亮利刃的犧牲品。

　　第二段「狗那間歇性的抽搐，是正和不名的某地打著旗語嗎？」，是狗和死亡對話。牠遲滯的眼開始漫漶遙遠而陌生的風景，那不就是彼此曾經熟悉而親密的身影嗎？老兵與狗二角色合而為一。「轉眼，活生生的狗，已成了他餐桌上熱騰騰的香肉，他正有味地咀嚼著狗所留下的過

去」。昔日的忠誠竟成落得「人為刀俎，我為魚肉」的悽慘，但老兵吞噬的何嘗不是自己！

最後，詩人以旁觀者的角色出現，聽到狗死後的淒涼吠聲，鬼魅的虛空依然撩動著黑夜。詩人在現實裡觀察悲劇，詩寫悲劇，在詩的世界裡穿梭自如。

表面上這首詩看似控訴老兵，實則憐憫老兵的傷痛，因老兵與狗都是被擺弄與被犧牲的角色。詩是良知的箭矢，詩人在現實中磨練文字使之銳利，以詩穿越暗黑與悲悽。此詩不是撻伐誰，而是在於爆發衝突所產生的火花，讓讀者產生省思。老兵變成兇殘的屠夫，這與一般書寫老兵的角度不一樣，正如詩人沈眠說：「從原來熟知的庸俗位置發動了跳躍，這不就是詩意嗎？」。

當我再三咀嚼此詩後，有不同的領悟。詩人所唾棄的並非老兵，反是具有憐憫的深意。這首散文詩寫於西元1973年，我們不得不佩服詩人在那個言論不自由的年代，能有無比的勇氣寫這樣的詩。這首詩是詩人當年對當權者的反諷，狗忠於主人卻被主人欺騙，成了犧牲品；老兵忠於國家，相信蔣委員長帶他們來臺灣，總有一天會帶他們回家。詩的重點不在責怪誰，也不在說教，詩人把悲憫潛藏我們看不見的地方，鋒利中帶著深刻的論點，投射在長短不一的段落裡，留給讀者震撼與顛覆。迴盪在「空虛的吠聲」裡，扣問自己是否能跟詩人一樣勇敢地揭開陰翳，

對抗殘酷的現實？唯有凝視苦痛，才能清晰領悟生命奧義。在反叛與衝突裡，才能挖掘靈魂深處，而帶著傷痕的人較易走出時代悲劇！

　　　　　　　　　　——2022散文詩解讀競寫佳作

誰在看誰？
──讀白靈散文詩〈望遠鏡中的金門〉

李桂媚

〈望遠鏡中的金門〉／白靈

　　下午四點零一分，那隻蒼鷺準時飛入我的望遠鏡裡；從碉堡孔洞的右方飛向左方，突然牠一個俯衝，自我的望遠鏡中溜走，我快速下移鏡頭，調轉焦距，卻在海的對岸，那大角嶼的小碉堡上，一個敵人跑進我的鏡頭裡來，也舉著望遠鏡在搜尋，是同一隻蒼鷺嗎？我舉高，他舉高，我左，他左，我右，他右。

　　我不理他，繼續到天空裡捕捉那隻蒼鷺，牠應該四點十五分才會飛出我的鏡頭的。但好奇令我再度鎖定對岸小碉堡時，站進來的竟不是人，是黑羽白腹那隻蒼鷺！望遠鏡躺在牠粗大的趾爪邊，牠從翅膀裡緩緩伸出毛茸茸兩隻手，舉起望遠鏡，鎖定我，鎖定整座金門！

解讀

　　散文詩〈望遠鏡中的金門〉收錄於白靈詩集《昨日之肉——金門馬祖綠島及其他》，這本詩集結合歷史與地方特色來書寫離島，〈望遠鏡中的金門〉一詩即從金門與廈門隔海相望的地理及戰備位置出發，透過詩中我以望遠鏡觀察蒼鷺，卻發覺蒼鷺也在窺視自己的過程，象徵過往戰役以及兩軍的對峙。

　　第一段從人觀察飛行的鳥寫起，蒼鷺一如往昔在「下午四點零一分」出現，詩中我追著蒼鷺的移動軌跡眺望時，卻猛然發現，對岸有一位同樣舉著望遠鏡的人。值得注意的是，蒼鷺是金門常見的鳥類之一，詩人選用蒼鷺，一方面取材自金門的環境生態，另一方面，蒼鷺是警覺性相當高的鳥，可以敏銳察覺風吹草動，並即時應變飛走，如斯特質正適合比擬備戰狀態。

　　持續尋找蒼鷺的詩中我，起初認為對方可能跟自己一樣，在觀察天空的蒼鷺，然而，對方的望遠鏡卻緊緊跟著他的動作，「我舉高，他舉高，我左，他左，我右，他右」，暗示著對方遠望的恐怕不是鳥，而是人。詩中我基於好奇，也透過望遠鏡觀察對岸，赫然驚覺，望遠鏡旁的居然不是人，而是剛剛遍尋不著的蒼鷺，且蒼鷺緩緩拾起了望遠鏡，「鎖定我，鎖定整座金門」。

　　除了金門的軍事背景，整首詩還有另一個詮釋角度，詩中設定蒼鷺固定出現在望遠鏡觀景窗的時間是「四點零一分」到「四點十五分」，藝術家安迪沃荷曾經預言：「在未來，每個人都可以成名十五分鐘」，詩中蒼鷺被望遠鏡注視的十五分鐘，隱隱呼應著安迪沃荷的名言，往好的方向想，人人有機會成名，但在網路當道的現在，打卡、貼文正一點一滴曝露自己的隱私，就像詩中我觀看著蒼鷺，而蒼鷺也在注目著我。

臺語散文詩〈大腸鏡〉自我開剖

王羅蜜多

散文詩原作

〈大腸鏡〉／王羅蜜多

　　照大腸鏡了後，一直感覺腹肚內有一面鏡，致使我每講一句話，做一個動作，攏真無自在。為按呢，規工悶悶不樂。

　　這面鏡，敢是位腹肚照到胃，同時透過肝膽，反射到內心？不過我的腸仔彎彎斡斡，可能也沒遐爾仔容易吧！重點應該是，醫生有佇腸仔內刮去一寡疑問，牽連著生活態度佮生命意義的問題。

　　下晡去散步，鳳凰樹已經真少落紅了，但是誠濟長長烏烏的物件落甲規塗跤。這是腸仔嗎？若是，應該屬喙通尻川彼種，若按呢，照大腸鏡就毋免伸遐長，佇喙口就會使得。

　　我攑頭裝出哲人的表情看向樹尾，哎，鳳凰是一種直腸的吉祥鳥，毋過足久就絕種了。

解讀

〈大腸鏡〉，當做生活記述，抑是散文詩，我攏無意見。

退休了後，我四常騎鐵馬踮府城隆隆踅，隨意佇樹蔭（ńg）、亭仔跤坐落來，提出一支印「文學日常」的葵扇。葵扇定定無撰振動，風就來矣！

文學日常，自然有風，這是我寫作的態度。

〈大腸鏡〉，是用這種態度來記述生活中的情景，進入生命的反省思考。

〈大腸鏡〉，這面鏡，是家己監視家己的鏡。伊無時無刻佇身、心、靈內外咧轉踅，目睭眨眨nih，目光四界炤，致使瞑日驚惶袂安穩。

人生短短仔，敢著活甲遮爾仔忝？抑是莫想遐濟，歡喜就好？

熱天，是鳳凰樹上奢颺的時節，規身軀紅帕帕，閣會共紅雨落佇過路人的頭殼頂。毋過時機若過，一堆烏趖趖的物件就落落塗跤，是種子篋，也親像腸仔，大便，據在汝想。

我寧可共想像做一條簡單，袂彎彎曲曲的腸仔。

鳳凰樹，佇府城有代表性，全臺首學的大廟，孔子公無張無持會徛踮門口吐氣，「鳳鳥不至，河不出圖，吾已

矣夫！」

　　這聽起來敢若足嚴重的代誌。毋過規條南門街，紅男綠女相攬腰，觀光客手機翕袂離，孔子廟只是一个背景爾爾。

　　「歡喜就好，莫想遐濟！」我有時會苦勸孔子公放輕鬆，自然就好。

　　〈大腸鏡〉，若用散文詩的角度來檢視，伊是內心的監視器，是自揣麻煩，鬱悶的象徵。鳳凰花開是貴氣高雅的意象，窮實墜落紅塵，全款拖佇跤底tshê。莫想遐濟，我逐時行到佗寫到佗，並袂設定欲寫分行詩、散文、散文詩，而是先寫才講，任文字隨感覺行落去。佇這個中間，無理論的顧慮，無經營的企圖，參投稿佮比賽無關係。內心歡喜，生出來的囡自然嫷氣美麗。

　　〈大腸鏡〉，看做有哲理思考的一首散文詩，不如講是一陣風，自然吹過來的文字。

永恆的困境

永恆的困境
——靈歌散文詩〈什麼樣的貓養什麼樣的人〉解讀

白靈

〈什麼樣的貓養什麼樣的人〉／靈歌

「什麼樣的人養什麼樣的貓」。

晚上主人帶我去看獸醫，我將耳朵調整最佳角度切入醫生口中，再用超高頻的聽力，翻譯出他這句話。並以超強夜視，放大收縮的瞳孔，如盾防守如矛尖銳刺穿獸醫與主人心理。

布偶與波斯混血生下我，想起主人的爸媽，臺灣人與新住民生下他。主人常常自己打針，像，剛剛獸醫給了主人針筒和胰島素瓶，我才發現，是主人傳染給我，醫生說的病。

主人一直被關在電腦螢幕與手機面板，靠手指走路，購物、訂餐、打怪、鬼扯，偶而發笑，他的世界僅僅是我領地的一小塊。其實整間屋子都是我的，隨我跑跳抓躺與咆嘯。醫生說的那句話，我改了一下：「什麼樣的貓養什

麼樣的人」。

　　——發表於2021年6月《吹鼓吹詩論壇》45期散文詩專輯

解讀

　　這是一首幽默有趣兼具反諷的散文詩。詩的主角是貓，且是「布偶與波斯混血」的貓。波斯貓起源於波斯（今之伊朗），有單色（白、藍、米色、黃褐色）、多色或雜色，而英國的金吉拉則是後來由波斯貓經人為培育而成，底毛常雪白蓬鬆，毛尖則有可能為黑、銀灰或金色。此類貓種腿短、較寬扁的頭臉、大眼、兩耳距離較開，形狀可愛有如布偶，此貓種予人高貴感，常出現在007系列電影中。詩中的貓可能是金吉拉，或波斯與他種的混血，以暗示屋子主人為「臺灣人與新住民」的混血，在血統上顯然較居於劣勢，就如金吉拉的價格（2500元～5000元）比起純種波斯貓（4000元～20000元）要居下風，當「順民」的可能性也越大。這恐也是詩中「貓眼看人低」的起源。間接也暗示臺灣在族群問題上始終有「結」未解，尤其是本土勢力強大時，非純臺灣人或不認同本土者都有居於劣勢的趨向。

　　此詩在題目上採取逆向思考的方式切入，把貓當主子來看，原先主人則成了貓，好像是貓養了人這個寵物。詩

中的我就是貓本身，以牠的角度觀察人，看起來雖是對現代社會宅居人口越來越多之現象的反思和其表象行為的省察，但其內在卻有深意。尤其今年「元宇宙」（metaverse／meta－指超越或改變）觀念提出乃至高力度提倡後，虛擬世界全面介入現實世界，此後數年詩中的「宅現象」必然更為普世化，則此詩就更像是一則寓言。

　　貓作為人類長久以來的親密寵物，本身的特質就有宅居在家的味道，而現代人的生活模式尤其是一些電視、網路、電動遊戲大量發行，使人宅在家裡的狀況變為非常普遍，加上這兩年世紀大疫盛行，世人宅的特質從主動成為被動乃至被迫，宅的機率突地遽升，就與宅貓越來越貼近。但又與貓有極大的不同，詩中就用貓的角度來看這個變為貓個性的人的狀況，會覺得他這個人是在學貓的行為，但又學得非常不像。

　　比如說第一個：很容易生病，還要病到打胰島素，其實就是跟糖尿病有關，而且病得不輕才需要有這個施打動作。貓得到這種病的機率（犬貓糖尿病發病率為0.2%-1%）其實沒有人來得多跟高比例（10%，約十個有一個），宅居者的生活飲食習慣通常不好，當然也能影響到貓飲食習慣跟他自己一樣：肥胖、不運動、吃垃圾食物。但宅貓在家裡其實運動的空間比宅家者要大得多，貓很輕易就能跳上跳下，不時的在家中的家具如床上、桌子、椅

子、書櫃、冰箱、窗櫺間跳來跳去，活動空間比人宅在家
裡寬廣得多，牠的空間是立體的，而人只是活在一個較平
面的空間中，因此宅居人生病的機率就會比貓的大得多。
但這是就軀體部分而言，這也是詩中一二三段在獸醫院中
貓被迫挨針打胰島素的抱怨，觀察了老半天，才發現「是
主人傳染給我」，卻很像女性對男性平日不理不睬、宅得
過頭的抱怨，好像在說：「都是你啦！」此三段不只以貓
眼還以貓耳細察側聽：「將耳朵調整最佳角度切入醫生口
中」、「以超強夜視，放大收縮的瞳孔，如盾防守如矛尖
銳刺穿獸醫與主人心理」，寫法就比第三人稱的角度直接
敘述有趣也細膩得多，也點出了貓眼如炬、貓耳可側轉的
特性。

　　末段是此詩重點，前半說「主人一直被關在電腦螢幕
與手機面板，靠手指走路，購物、訂餐、打怪、鬼扯，偶
而發笑」，這也是貓感到氣恨、不解、和要加以反擊的部
分，那可能是宅男精神世界或打發時間的區塊，卻是貓進
入不了的世界。末半貓卻簡單將之歸結為：「他的世界僅
僅是我領地的一小塊。其實整間屋子都是我的，隨我跑跳
抓躺與咆嘯。」這是貓的「阿Q精神」，「他的世界僅僅
是我領地的一小塊」是誤識也是誤區，只指宅男肉軀不如
貓可滿屋子跳上跳下，但「他的世界」卻不只這些，他可
透過網路和未來的「元宇宙」大爆發後，在虛擬世界與現

實世界再難區分中去到不可思議的時空中去。

即使有英國諾丁漢特倫特大學和林肯大學的學者曾在科學期刊《PLOS》上發表過研究，就3000名英國貓奴3年的調查，將養貓人與貓在人格五因素「經驗開放性、勤勉審慎性、外向性、友善性以及神經質」等不同行為，去與自己個性特質比對，看看其異同，結果得到的結論果然是主人的個性會很明顯地反應在貓咪的身上。亦即家貓出現的行為、個性，可能都是跟主人學的！這也驗證了「什麼樣的人養什麼樣的貓」此話不虛，而反證「什麼樣的貓養什麼樣的人」，那是貓眼所見，化被動為主動，宣誓了自身的主控性而已，卻也僅此而已。

因此，不論「什麼樣的人養什麼樣的貓」或「什麼樣的貓養什麼樣的人」，指出了兩種生命會相遇，總是有些什麼特質相互吸引，很多表面上的理由有可能都不是理由。然則除了某些或只是幾點有交集的部分，無法交集也難以進入的可能是面積更大的世界。「什麼樣的人養什麼樣的貓」或「什麼樣的貓養什麼樣的人」其實即是「什麼樣的你（妳）就會遇上什麼樣的她（他）」，然則能交集的總是一小塊，如果不相互或各自成長，則無法交集、踏入的永遠會是更大的區塊，這是自古以來，兩種生命相遇時永恆的困境。

在白甘蔗的牛鈴聲裡遇見愛
——賞析林廣散文詩〈清明〉

葉婉君

散文詩原作

〈清明〉／林廣

　　我總是沿著高壓電塔找到母親的墳墓，那只是一張模糊的微笑，卻清晰地把童年和歌聲疊印在一起。欲雨未雨的天色燒完金箔點過香我把黃紙一張一張散在墳頭。母親一定不知道她洗衣服的小溪，只餘一粒粒渾圓的記憶在夕陽下散發瑩瑩的光。母親一定不知道祖厝和土塊厝在九二一都震倒了，隆起的道路一痕一痕又一痕烙著鄉人龜裂的眼神。母親一定不知道四十年後甘仔店已經被 7 - 11 取代，彈珠和尪仔鏢都變成電玩的聲光。母親一定不知道網路世界，任何規格的愛都可以傳真，而且收費低廉。但有誰能告訴我：為什麼蘆花和溪流這樣容易淡忘螢火蟲這樣容易消失翅膀這樣容易折斷？

母親一定不知道她的兒子如今已當了中學老師
，偶爾也在報章雜誌發表新詩。每次行經高壓
電塔，思念就沿著電線竄流到母親墳前，我總
是想她一定在某個地方默默看著我。也許她什
麼事都知道，當我閉上眼睛，彷彿聽見滿載著
白甘蔗的牛鈴聲，攀著記憶一直響過來。那是
母親的微笑，她戴著斗笠走過結實纍纍的稻田
，我一直躲在她溫暖而清涼的影子裡。

解讀

　　這首散文詩〈清明〉全篇文字整齊排列成長方形，令
人聯想石碑或是金箔、黃紙。末句不滿一行，宛若石碑或
紙張的缺角，又像思緒迷宮的出口。正因人生不完整有缺
憾，才會有更多變化的可能，留待想像尋索的空間。仔細
研讀〈清明〉，被其中的情意深深感動，筆者將研讀心得
簡述如下：

　　一、散文的敘事性與詩意的暗示性交錯呈現：作者擷
　　　　取自然鄉土的意象活躍詩行之間，使讀者產生具
　　　　體的感官覺受。巧妙的寫作藝術，讓詩意迂迴、
　　　　婉轉而跌宕。
　　　　1.視覺意象與映襯：「小溪、夕陽、蘆花、螢火

蟲、稻田」這組自然物的意象，揮灑成柔美靜
謐而閃爍微光的空間氛圍。「祖厝和土塊厝、
甘仔店、彈珠和尪仔鏢、斗笠」這組鄉村意象
則是空間裡的建築與人文物件，是作者童年熟
悉的事物，瀰漫著懷舊的鄉情；在詩中與當代
流行事物並置，相互映襯；彷彿是兩股新舊潮
流的衝擊，產生內心矛盾與糾結，對母親與童
年的思念更加強烈。

2. 視覺意象的借喻與象徵：「只餘一粒粒渾圓的
   記憶」可以還原為「一粒粒渾圓的卵石就像
   記憶」，省略本體和喻詞是借喻。跳接下一句
   「記憶散發瑩瑩的光」，象徵逐漸升溫的思親
   情懷。

3. 聽覺意象與蒙太奇：詩的尾聲安排如同電影的
   映象剪接，首先出現「滿載著白甘蔗的牛鈴
   聲」，舊時的影像由朦朧遙遠逐漸清晰靠近。
   彷彿詩中人因思念太深，而跌入回憶的甬道，
   在渴念中找回失去的事物，消逝的親人又得以
   相見。這樣的安排讓詩意無限延伸，思念也永
   無止盡。

4. 觸覺意象與象徵：「我一直躲在她溫暖而清涼
   的影子裡」溫暖和清涼是觸覺意象，與最親的

親人才會有膚觸的記憶。母親的溫暖始終未曾離開，母親的庇蔭也永遠存在作者的心中，象徵沮喪挫敗時最大的支撐力量。

二、真摯的情味自然流動：

1. 詩中有兩處提到高壓電塔：「我總是沿著高壓電塔找到母親的墳墓」、「每次行經高壓／電塔，思念就沿著電線竄流到母親墳前」一個極為高大的形象，與母親的墳頭形成對比，母親的屍骨已委身於低矮狹小的空間，而作者的思念卻愈加龐大如高壓電塔。

2. 一連串「母親一定不知道」的事，彷彿是站在墳前向母親報告世界的變遷和現況。語言層疊像浪濤不斷湧來，思念的深情更加綿綿密密。網路似乎無所不能，就連「愛」都能廉價地影印傳真，這是懸想意象。接著，詩人提出疑問，反襯：母愛是唯一的、無法複製替代、難以忘懷的珍寶。

3. 最後，當作者閉上眼睛，暫時離開現實的世界時，牛鈴聲帶領他回到過去的時空與母親相遇。末句是一幀母子同框的合影，也象徵母親在作者心中永恆不墜的形象。

　　　　　　　　　　　　──2022散文詩解讀競寫佳作

與蛇共舞
──讀秀實的散文詩〈蛇〉

紅紅

散文詩原作

〈蛇〉／秀實

　　我知道，蛇總是在晚上偷偷潛入我的被窩裡。

　　K不在時，與它相處的很好。因為它有柔軟的身體與滑溜的皮膚。我不喜歡爭崚的性格和時刻裝腔作勢的肢體。蛇是靜態的物種。牠偶爾兀自盤旋著，很多時間，徹夜的糾纏著我。

　　蛇應感到我身體逐漸的衰老。它已不露出尖銳的牙齒，只是靜默的吐出舌頭。這是它的語言。

　　我必須聲明。這蛇不是女體。牠是自然。我喜歡它沒有手足，只能用它的身軀纏繞著我和我的夢。

　　對那庸俗的世界，我必得再保充一點。蛇的眼睛與美人的眼眸一樣會說話，而你們不會知道。因為你們只在乎它的身段和花紋。

解讀

　　這首〈蛇〉為秀實〈動物園〉散文組詩裡的其中一首。這三首詩可以獨立來讀，而若依順序賞讀，則有其連貫性，是一首饒富故事性的作品。礙於篇幅，擇其中之一來做解讀。

　　讀秀實這首〈蛇〉首先腦海浮出洛夫的〈昨日之蛇〉，其詩中象徵人的妄念之蛇。在這首散文詩裡，蛇很明顯地也有它的隱喻。到底蛇藏在哪兒呢？一起來找尋。

　　首先，它「總是在晚上偷偷潛入我的被窩裡」，另外，它只在K不在時，亦即詩中人物獨處時才現身。它「柔軟／滑溜／靜態／偶爾兀自盤旋／很多時間／徹夜的糾纏著我」。這裡描述的特性令我感覺這條蛇根本是一隻溫馴的寵物貓。貓與蛇同樣也是夜行動物。是貓是蛇也許不是重點，重點或許是：「K是誰？」我認為K（King?）是詩中人物的一個較光明面的「我」，而在夜晚時另一個陰性黑暗面的我，即「蛇」，時常現身。

　　第三段「蛇應感到我身體逐漸的衰老。它已不露出尖銳的牙齒，只是靜默的吐出舌頭。這是它的語言。」說明隨著年歲增長，「蛇」這個人格在精神層面或文字語言上的轉變──較為內斂含蓄。

　　第四段的「聲明」，象徵「蛇」這個面向的我所包含

的情慾面。「我喜歡它沒有手足，只能用它的身軀纏繞著我和我的夢。」在這裡可以解釋為「蛇」在情慾面展現的控制他人，或自身的不欲被控制。「手足」是行動自主能力。「沒有手足」便是「被控制」或「與世隔絕」。

最末段，詩中人物有對「蛇」更進一步的解釋，亦即「蛇的眼睛與美人的眼眸一樣會說話」。「蛇」，時常被形容為惡毒的女人，在這段的描述裡，將「蛇、眼睛、美人」這三個元素湊在一塊，更讓人不得不聯想到蛇髮女妖美杜莎。然而這一段人物的自白，似乎意欲為這個僵化的形象做翻轉。蛇在這裡象徵為「蛇」這個部分的情慾漸轉化為「精神」層面，而與末句的「身段／花紋」做對比。

賞讀至此，回到最前面的問題，蛇做為這首詩的核心，其實代表的是詩中人物較為陰暗冷僻的另一個自己。隨著年歲增長，K與蛇的比重消長，而詩中人物對於這樣的現象不僅頗為自得，更似乎沉醉其中。人能夠欣賞並擁抱自己的陰暗面，何嘗不也是一種正能量呢？

　　　　　　　　　　　——2020散文詩解讀競寫優勝

在愛字消失的地方留下一沱血
——試／舐讀陳黎的〈舌頭〉

陳政華

〈舌頭〉／陳黎

　　我把一節舌頭放在她的鉛筆盒裡。是以，每次她打開筆盒，要寫信給她的新戀人時，總聽到囁嚅不清的我的話語，像一行潦草的字，在逗點與逗點間，隨她新削好的筆沙沙作響。然後她就停了下來。她不知道那是我的聲音，她以為從上次見面後不曾在她耳際說話的我，已永遠保持沉默了。她又寫了一行，發現那個筆劃繁多的「愛」寫得有點亂。她順手拿起了我的舌頭，以為那是橡皮擦，重重重重地往紙上擦去，在愛字消失的地方留下一沱血。

解讀

　　本詩〈舌頭〉選自陳黎的第八本詩集《苦惱與自由的平均律》，在這本集子中，詩人表現人生中的諸多對立

面：生老病死、愛恨情仇、喜怒哀樂……等矛盾與衝突。係源自詩人內心深層的欲望，無法自拔地耽溺受苦，並試圖從中尋找自我超越的可能性，在苦惱與自由中獲取平衡。

　　全詩僅一段，起首即開門見山地說：「我把一節舌頭放在她的鉛筆盒裡。」令人怵目驚心，頗有蘇紹連《驚心散文詩》的驚悚效果。舌頭作為身體的感知器官，連結身體與味覺，對於相愛的戀人而言，一場浪漫的法式舌吻，彼此舌頭相互纏繞、相濡以沫，更可增添彼此感情。小時候的我們，習慣把一些值得收集的小物件放進鉛筆盒，陳黎在此以超現實筆法，無理而妙地把舌頭與身體分離，放在對方的鉛筆盒裡。「放」可詮釋成「遺落」、「掉落」，每每結束一段兩人的關係，或多或少都會遺落部分的自己在其中，作者的舌頭是被動留下／放下的，因還忘不掉過往美好愛情的點點滴滴。

　　詎料，當對方提筆寫信，給的卻是她的「新」戀人，總會聽到「舊」情人的舌頭囁嚅不清的話語，只當是鉛筆摩擦紙張的沙沙聲。但見新人笑，哪聞舊人哭。也許，詩人喪失再次表達愛的能力，才說「她不知道那是我的聲音，她以為從上次見面後不曾在她耳際說話的我，已永遠保持沉默了」。在「她」的心中，早已失去「我」的位置。

　　對於分別的兩個人而言，愛會逐漸淡化，甚至消失。詩人在詩中把抽象的「愛」化為具象的文字，「她又寫了一行，發現那個筆劃繁多的『愛』寫得有點亂」，正是反映她心中凌亂的愛，於是「她順手拿起了我的舌頭，以為那是橡皮擦，重重重重地往紙上擦去」，運用四個「重」，加重力道，把愛「擦去」。愛消失了，取而代之的是我的舌頭所留下的一沱鮮紅血漬。

　　詩人的苦惱，求愛而不可得，他的「舌頭」，嚐盡了酸甜苦辣、歡喜悲傷，在愛與不愛之間，獨自舔舐著血與淚。

──2020散文詩解讀競寫佳作

回憶裡的父親
——讀劉克襄散文詩〈回家〉

葉寶木

散文詩原作

〈回家〉／劉克襄

　　蟬的鳴聲。風的靜止。天花板的電扇懶懶地轉動。他咬著鋼筆套，凝視午後的窗外。我從那兒踮起腳尖，露出頭，招手，然後高興的跑進去。他將我抱上大腿，摸頭微笑。那是一本剛用月曆紙包好的書，他在書皮上寫我的名字，還有藏書、昭和35年幾個字。屋頂停著一隻中國東北來的藍磯鶇，琉璃珠紅的身子。秋天了，他自語著，牽著我走出辦公室。我們經過一間間的教室，橫越操場，準備回到校舍的家。不知媽媽煮了什麼好吃的東西，他又自語著，突然便將我再抱起，高舉過肩，跨坐在他的頸背上。

解讀

　　臺灣散文詩受到商禽的超現實風格的影響，不少名作都有令人驚豔的直覺與前衛敘事。有別於臺灣散文詩的超現實主流基調，劉克襄這首〈回家〉則顯現清晰的寫實回憶；以真實為主旋律，信手便泯去了散文詩與詩化散文的界線。詩的內容正如詩題「回家」，整首詩寫的就是童年回憶裡一個很尋常的日子：父子兩人回家途中的情景。

　　全詩沒有分段，一氣呵成。一開始校園裡風的靜止與蟬鳴營造季節變化的氣氛，學校辦公室內的電風扇慵懶地轉動又再次襯托夏末秋初的景況。這時，「他」登場了。「他」就是劉克襄的父親劉萬壽。父親咬著鋼筆並凝視著窗外，此時的「我」冒出頭來向父親招手，朝父親「高興」的跑了進去。而父親也抱起了兒子並摸頭微笑，表現父子融洽的氣氛。

　　較為特別的是詩中出現的「紀年」，詩裡的父親在書皮上寫下「昭和35年」，也就是民國49年，公元1960年。中華民國政府於1949年早已遷臺，這時仍慣用「昭和」，可見「他」的文化與教育涵養背景。劉克襄出生於1957年，此時詩中的「我」則僅有3歲。如此年幼的日常，在回憶中卻十分深刻，可見有其重要意義。詩中特別寫藍磯鶇，藍磯鶇的習性為夏日棲息於山河，冬天多在屋塔樓牆

現蹤。因此當屋頂開始出現藍磯鶇，表示此時大概要脫離夏天而進入秋冬了。

依推算，詩中「準備回到校舍的家」，這裡的「家」應該為當時劉克襄一家人寄宿於大同國小的宿舍，位置約在臺中康樂街和自由路的路口，目前已不復見。在這個校舍的家，還有正在烹煮美食的媽媽。而父子兩人的深厚情感，則透過父親在回家途中將兒子高舉過肩，讓兒子跨坐於頸背上呈現。

「他咬著鋼筆套，凝視午後的窗外。」當時，劉萬壽凝視的是兒子，是校園，還是臺灣社會呢。若參見《暴風雨下的中師：臺中師範學校師生政治受難紀實》一書，可知〈回家〉裡的「他」其實是一位在白色恐怖時代下的政治受難者。具音樂專長。思想左派。至於所謂「藏書」，則可能是從中央書局購得的左派禁書。如此，再回頭細品這首〈回家〉，童年記憶裡父子兩人日常的返家情景，雖然看似尋常，卻又如此的彌足珍貴而不凡了。

————2020散文詩解讀競寫優勝

動態的情與感
──讀方耀乾散文詩〈魚雨〉

葉寶木

散文詩原作

〈魚雨〉／方耀乾

毋是刁故意闖進去，闖進去彼片，彼片防風林，防風林的溫暖，溫暖的親情。

魚對天而降，降成雨，雨淋著我的驚惶，驚惶的汝。

喙對喙，喙授魚，魚的儀式，儀式斷，斷成防風林的風，風中的我。

解讀

防風林為具有防禦作用的人工種植景觀，主作用為抵禦風的摧殘。在防風林的守護範圍內，原則上是具有相當程度的保護作用，也會受保護者提供了心靈與身體上的安全感。這首〈魚雨〉描繪一群不速之客的到來，打破了防風林的安全畫面與寧靜，讓整片防風林為之動憾。

　　從詩的內文推敲，這可能是作者與親人（父母）過往相處的重要記憶空間。而這群不速之客乃是一群叼著魚的白鷺鷥，叼啄魚後不小心闖進了防風林，魚落下來。原本象徵著相對安穩的空間，因此成為動態而驚惶的畫面。

　　意外闖進防風林的白鷺鷥，在風的作用下，嘴巴裡的魚一一掉落下來，形成了「魚雨」。這陣魚雨將記憶裡那片祥和寧靜的親子空間，攪亂成為驚惶的我，驚惶的汝。原本在記憶裡親子共處的祥和寧定的防風林，由於意外訪客白鷺鷥的到來，產生了一場壯觀而驚心動魄的畫面，導致能夠防禦風侵擾的林子，因無法抗禦魚雨而失去了保護作用。

　　魚雨雖然帶來了破壞，卻也意外形成重要的記憶點。因風的作用導致白鷺鷥也受到影響，嘴裡的魚紛紛掉落下來，形成了一場打破安寧記憶的魚雨。原本可能只是尋常而平凡的親子記憶，就此成為無法忘卻的親子經驗。白鷺鷥之間喙的互動，啄魚的動作，恰似一種儀式。這個儀式被防風林的風打斷了，還形成了「風中的我」。

　　「風中的我」由於這場魚雨的到來，從此縈繞在這片充滿親子記憶的防風林，無法散去。儘管是意外的不速之客，卻導致了這個相對安穩的記憶，有了動態的畫面，也由於魚雨的「雨淋著我的驚惶，驚惶的汝」，使得身體也有了特殊的記憶體驗。縱然驚惶，卻不只是帶來畫面的動感，更造成了記憶溫暖空間深刻的意外情動。

——2020散文詩解讀競寫佳作

夢與現實
──讀孟樊散文詩〈羅生門〉

李桂媚

散文詩原作

〈羅生門〉／孟樊

　　聽說詩人用意象殺人，甲乙丙丁四人聚在一起議論紛紛。

　　甲說，是第三行那個險句。乙卻說，應該是第二段開頭的那個隱喻。丙說，才不是呢，是第七行的倒裝句。丁大聲嚷嚷說，你們說的都不對，罪魁禍首是在最末兩行的反諷句！

　　這時心理分析師說話了，你們統統不要吵，不管是甲或乙或丙或丁，每個人都是嫌疑犯：「在夢中，其實你們都是同一位。更何況你們就是詩人自己！」

　　不信麼？我寫的這首詩就叫〈羅生門〉。

解讀

　　孟樊2020年11月24日發表於《聯合報》副刊的散文詩〈羅生門〉，全詩不到兩百個字，卻蘊含了日本文學、電影文化、修辭學、現代心理學，展現了詩人的博學。

　　詩作最末一行寫道：「我寫的這首詩就叫〈羅生門〉。」詩題「羅生門」正是貫串全詩的關鍵，「羅生門」一詞源於日本著名小說家芥川龍之介的短篇小說〈羅生門〉，其後電影大師黑澤明改編芥川龍之介〈羅生門〉、〈竹林中〉兩篇小說，拍攝電影《羅生門》，述說乞丐、僧侶、樵夫三個人在羅城門躲雨，樵夫道出近日發生的殺人事件，武士在竹林裡遇害，然而強盜、武士與妻子各執一詞，說法互相牴觸，真相因而撲朔迷離，隨著電影的推波助瀾，此後「羅生門」被用來形容事件當事人各說各話。

　　孟樊從「羅生門」的概念發展出散文詩〈羅生門〉，開頭第一句就是「聽說詩人用意象殺人」，「聽說」代表著不確定是否具真實性，另一方面也呼應著電影《羅生門》中，乞丐、僧侶「聽」樵夫「說」殺人事件的開場。第二段描寫詩中甲、乙、丙、丁各說各話，就如同竹林殺人事件的眾說紛紜，值得注意的是，詩作有甲、乙、丙、丁四個人，《羅生門》的證詞除了有強盜、武士與妻子三位當事人，還

有說出殺人事件的樵夫，同樣有四位發聲者。

　　再換另一個角度來看，甲、乙、丙、丁在詩作第二段裡，分別指出「險句」、「隱喻」、「倒裝句」、「反諷句」有殺人嫌疑，四者皆與修辭學有關，詩人在詩中經營意象及修辭，傳達弦外之音，而文章常見起、承、轉、合四段結構，甲、乙、丙、丁亦可視為四個段落的表徵。此外，此處也隱喻著，同一件事交由不同人闡述，每個人的說詞會因為不同的修辭潤飾，而有所不同。

　　第三段出現第五位角色心理分析師，指出甲、乙、丙、丁都是詩人本身。此處選用「心理分析師」，而非「心理師」、「諮商心理師」等詞彙，暗示了此段與精神分析學有關，佛洛伊德將人的精神分為本我、自我、超我，本我完全壓抑在潛意識中，夢能反應潛意識，現實無法實現的欲望，透過象徵的形式在夢境出現，詩中的甲、乙、丙、丁看似想法相異，其實是同一個人的不同化身，即做夢者本人。

　　佛洛伊德認為夢是存在許多心理機制的，造夢機制包含凝縮、移置、具象化與填補等，這些機制意念與修辭學可說是有著異曲同工之妙，再者，電影《羅生門》之所以證詞迥異，是因為每個人都在事件的基礎上，添加對自己有利的成分，而這不正是修飾以合理化的造夢機制嗎！？或許夢中的現實才是真實，也說不定。

偽裝與真性
──讀雪硯〈卸粧〉散文詩

蒼僕

散文詩原作

〈卸粧〉／雪硯

　　卸粧，這樣的夜晚在妳臉上開始真實起來，米奇回去了，以及那些時昂揚的掌指。妳的鼻尖還留在夢的源頭，有點小脾氣，它在卸粧。牽牛花滿天滿地，《禮記‧月令篇》言猶在耳：「仲春之月，鷹化為鳩。」我舉起頭，凝視天空，「妳無意間抬頭看了我一眼／雪域高原便顫了顫」倉央嘉措的詩句，從我腦際一閃而逝。我想的是驚蟄，屋頂上的月亮早就把妳，給藏起來了。像鳳陽花鼓，那個喜氣加歡愉，那些螞蟻，我知道，所有的那個背影的祕密，那些喊叫，都將裸裎向驚蟄，那些一直長不大的草，那些無聲之聲，直到鑰匙生鏽。直到父親走到河對岸，像消失的一首詩，桃李燦燦，二月仲春，雪融，在千里。那當兒我才意識到那些屬於妳的掌聲，沒有斷過，像花，剜骨的叫著，一艘船，在大江，我常常夢到的。是的，長蘆宴坐，雪落無聲，直到粧鏡碎裂，達摩，一葦渡江。

解讀

　　雪硯的〈卸妝〉散文詩，全篇一段式敘述。詩文詞藻優美，用典巧妙，隱秀其中。幾次的咀嚼後，意識漸次地被暈染，進而也對自己人生及在世的檢視，誠如劉彥和所說：「夫綴文者情動而辭發，觀文者披文以入情，沿波討源，雖幽必顯」。

　　詩首句「卸妝」是作者有意破題強調。人在「卸妝」之前，人性會隨著環境波浪上下，是善於掩飾自己的。而「卸妝」後，當一切回歸自我時（或在夜晚的鏡前），那個卸妝前擁有掌聲的「米奇」（迪斯尼很紅的虛擬者）回去了。以此對比，靜下的自我與大眾前的「妳」兩者之間的差異。「妳」是另一個自我，用女性的卸妝是一種比擬，其實是寫人性未退去粉墨的另一個自我。何以粉墨，著因「留在夢的源頭」，得隨著塵世浮沉的一種行為。

　　詩文以蒙太奇剪輯影片方式，使映入讀者，再促使讀者從意識中去串聯整體的感受。「仲春」是大地生生不息的時候，如「牽牛花滿天滿地」的誇飾，而引「仲春之月，鷹化為鳩」寫出季節欣欣向榮；生意盎然的春天是情意善於傳播，善於感染的，雖然人生如夢，而「夢的源頭」（掌聲）還停留在鼻尖（昂揚）不去。

　　「我舉起頭，凝視天空」，此時，詩文心緒作一個轉

折，同時借倉央嘉措〈佛便是我，我便是你〉裡的詩句「妳無意間抬頭看了我一眼／雪域高原便顫了顫」，又接著「我想是驚蟄」。（我是我執，是塵世之念，驚蟄也擬意是驚執），也就是在剎那間……對世間無常的覺醒。轉念前，那塵世間種種的風花雪月如屋頂的月亮、鳳陽花鼓、螞蟻、背影的祕密……，感情的起伏或親情的離別，層層堆疊，如一首詩，但都將消失（無常）。儘管真我本性已隱約浮出，但在卸妝中的「妳」，尚存有一絲眷戀，「那些屬於妳的掌聲，沒有斷過，像花，刻骨的叫著」，也像「一艘船，在大江」。作者在卸妝的時間當下，來回的敘述之前之後的掙扎，也正是在面對；人生在世的真真假假。而鏡子是內心一道門，進與出就是在世的領悟。也正如詩人洛夫在《雪落無聲》〈絕句十三帖，第二帖〉所言：「所有鮮花都挽救不了鏡中的蒼白／繞到鏡子背後／我看到一堆化石」，故接著說是「直到粧鏡碎裂，達摩，一葦渡江」。

　　詩文最後以達摩一葦渡江（長蘆宴坐）呈現，亦即卸妝後（從一船到一葦），終於看見自我真正的本性。

　　詩人簡政珍說道：「具有生命感與哲學厚度的詩，帶給讀者的，不僅是感動，而且還顫動」，好詩的本色無疑是用文字帶給讀者「顫動」，而〈卸妝〉這首詩，重複地以意象堆疊，用散文書寫的技法，語氣婉約的撩撥人性。

　　　　　　　　　　　——2020散文詩解讀競寫佳作

談游鍙良〈自己是誰〉的「自己」與「詩」安排形式

陳鴻逸

散文詩原作

〈自己是誰〉／游鍙良

　　陽光毫不遮掩的射進，射進婚姻介紹所的招牌如火燃燒，閃著意象。一條街外的勞動者正在工地揮汗，陽光從反光黝黑肉體中，看見時間模糊的刻痕。招牌下有些人正在猶豫不定，腳印重踏，始終無法決定自己的一生。

　　風聲遠遠趕來，也要一看招牌的究竟。風輕鬆的轉個身，連一個喜悅或鄙視都沒有留下，只顧走開，飄得越來越遠。風去夏更熱，招牌靜默的承受，看著地上殘留紛沓的腳印。

　　隔壁的騎樓垂掛一支大鑰匙廣告，塗上黃色的精彩。門下趴著一隻狗，眼睛四處搜尋，最後望向那個招牌，突然吠了兩聲，心想：「我窩在這裡幹嘛，有鑰匙也打不開自己的門。」狗站起，甩了甩身上的曾經，走出這條街。

〈自己是誰〉

　　陽光毫不遮掩的射進

　　射進婚姻介紹所的招牌如火燃燒

　　閃著意象

　　一條街外的勞動者正在工地揮汗

　　陽光從反光黝黑肉體中

　　看見時間模糊的刻痕

　　招牌下有些人正在猶豫不定

　　腳印重踏

　　始終無法決定自己的一生

　　風聲遠遠趕來

　　也要一看招牌的究竟

　　風輕鬆的轉個身

　　連一個喜悅或鄙視都沒有留下

　　只顧走開

　　飄得越來越遠

　　風去夏更熱

　　招牌靜默的承受

　　看著地上殘留紛沓的腳印

　　隔壁的騎樓垂掛一支大鑰匙廣告

　　塗上黃色的精彩

門下趴著一隻狗

眼睛四處搜尋

最後望向那個招牌

突然吠了兩聲

心想：「我窩在這裡幹嘛，有鑰匙也打不開自己的

門。」

狗站起

甩了甩身上的曾經

走出這條街

2020.5.20

解讀

　　詩若向「自己」和「詩」提問，該是什麼方式？近乎哲學的命題，一問一答一寫一敘一行之間，勾勒出自己如何被認識、自己如何被了解，以及自己如何被看見，以及自己是誰，誰又能夠定義自己的循環低語，在詩裡尋乎於旁觀者投射的視線，故事焉然啟動，而故事裡的「人」帶著徬徨、無助與可能的答案進入招牌下的「場所」，得以證成價值的場域提供此在的演出。但故事裡被說的那人，其主體確立透過交叉比對的視線交織而成，「陽光毫不遮掩的射進」往彿看見柏拉圖喻想的洞穴，人們在其中朝向了知識與認識的方向而去。

　　〈自己是誰〉以旁觀者視角，審視著街道上的一隅即景，人與狗都在咀嚼著「意義」，哲思在街道上被演示著，因為意義怎樣被決定、意義怎樣被說明，總有著各種不同的困難。「鑰匙」焉成象徵，開什麼樣的門，說什麼樣的故事，參與者與旁觀者存有不同的判斷，成為什麼樣的「自己」，都在這齣即景裡發酵著、探詢著。

　　「腳印」是否代表曾經來過、經過或有過，人們與婚姻介紹所的招牌對上只為肯認需求，不過決定或被決定，招牌像是人生指標，猶豫卡住了不同方向的叉路，啟程或啟齒都令人難以接受。正是如此，進入日常生活的詩人，以書寫銘刻著曾經到來的跡痕。

　　有趣的是，在散文詩類型之外〈自己是誰〉被寫成另一形式，採取了切斷原有句式改採分行，雖然字詞不變，讀來或有停頓、轉折，但韻味截然不同。因此詩該是什麼形式，說什麼樣的故事，怎麼樣地說故事，都成為了嘗試。相較之下，散文詩提供了較多時間與空間的轉折，不同時間點在同一空間裡的多重集結，使得誰來說這個故事，說幾個故事，幾個故事的該出現，有了完全不同的指涉。

　　兩相比較，「散文—詩」是連動也是敘事的距離，形式、語言或許會框定內容的敘述，敘事者得以流竄不同角色、不同片段中。故事從發想、開始、敘明到結尾，爬

了很多次的格式，意外的轉折，「自己」是「誰」終也說
不個準，「無法決定自己的一生」的猶移，正發酵著，時
間與存在不是海德格的事，詩人游鍫良拋擲出的，是活著
的足跡，那狗曾在那，自己曾在這，走出這條街像是灑脫
也喻解脫，生活的版本依然繞行著無數的日子與答案而
走……

壁虎的自白
──黃里散文詩〈飛鳥或蝙蝠〉

陳政彥

散文詩原作

〈飛鳥或蝙蝠〉／黃里

　　當我的尾巴無法預知關窗（它那自斷的掉落於洗滌槽排水孔旁的一截活蹦亂跳似乎仍在強調：早跟你說了……），我的左後腳被鉗夾於氣密窗的鋁框間，身體即刻順勢倒掛在玻璃上，絲毫不曾想掙扎一下。

　　是的，我是壁虎。若這個從未在垂直的牆上意圖改變的認知──我是壁虎，這個你也不曾懷疑的平行於天花板的本質──我是壁虎，不曾因眼前的一小馬蜂窩，只因本性受到明麗的挑逗，但敢作勢張嘴，到口也無福消受的美味。只要我向前縱身一跳，暫時忘記我是壁虎，不急著為突破盲點的頓悟而喜悅，暫時將腳底無數纖毛完全鬆懈，像一隻真正的鳥類起飛，起飛……，飛……。

　　當我倒掛著身軀逐漸因孤獨而死亡，表皮因水份流失而乾癟如木乃伊，我的雙眼卻仍炯炯有神；喉部萎縮，偌

大的嘴喙微開，好似當初欲快速吐伸出長舌的模樣。我的矜
持只為在氣絕前，確信不會被誤認是一隻，無翅的蝙蝠。

解讀

　　臺灣散文詩的發展，雖可推至日據時代，但是廣為
人知且造成巨大影響力，仍然不能不談及商禽的貢獻，以
荒謬劇的形式，展演著現代生活當中，身之為人的荒唐與
無奈，深刻地將散文詩的可能性發揮到令人無法忽視的高
度，也啟發了後來如蘇紹連、渡也等中生代詩人們的追
隨。而黃里的這首〈飛鳥或蝙蝠〉除了承繼了商禽以降
散文詩慣有的荒謬劇場性格，同時更融合更細膩的個人
色彩。

　　彷彿一齣設計精良的戲劇，從已成定局的中場演起。
隨處可見的小動物悲劇，一隻被窗戶夾死且日漸木乃伊化
的壁虎自述。第二段反覆在壁虎的認知與本質之間來回思
索。他人所認知的壁虎本質，豈不就是在牆面天花板順著
二維世界的維度爬行，但是這隻已死的壁虎死前最後的縱
身一躍，不是為了補食昆蟲，而是為了希望縱身跳入一個
光鮮亮麗的世界中，壁虎拋棄了自己的本質，忘了自己是
壁虎，在空中飛行的短暫幾秒間，彷彿飛行，彷彿成為另
一種更自由的物種，鳥類。

　　雖然敘事脈絡中，死亡是注定的結局，但以詩的技巧
而言，詩的收尾又留下一次轉折，究竟希望不要被誤認為
是蝙蝠的牠，更願意自己被人看見的時候，會被認為是鳥
的屍體還是壁虎的屍體呢？

　　全詩結構完整，寓意深遠，讓人深思市面上一股勁流
行的心靈雞湯，期許人們建構一個全新的、異己的自己，
挑戰各種做不到的挑戰。是非對錯，黃里沒有給出判斷，
但黃里筆下的壁虎，在我心目中已直逼錦連筆下的壁虎，
成為詩史上讓人難忘的小動物意象之一。

燦笑轉身
──賞讀黃里散文詩〈年輕的麥凱萊〉

曾美玲

散文詩原作

〈年輕的麥凱萊〉／黃里

　　年輕的麥凱萊，我明白你的雙手已被綑綁許久，你的指揮棒已久未再帶領眾色光揮舞，如我在這小室裡的禁閉，兩腳只能於靜默和晦澀間游移，多麼想念奔跑的文字。年輕的麥凱萊，相信你也能理解，文字也是音符的一種顏色；但我在鍵盤上軟弱的敲打無力驅趕瘟疫，無法為全世界的病恙發出吶喊，而全世界在緊鎖的門窗和口罩間運轉已一年有餘。年輕的麥凱萊，你的馬勒又何嘗願意寂寞地躺在獵人的棺柩裡。你的馬勒在你的耳際說悄悄話，一個月前挪威的疫情是零確診喔，要不要與動物們藉機出來遊行？年輕的麥凱萊，汗珠開始如你熟稔的大提琴逐漸凝集，動物們暫時摘下口罩，微笑著不斷鼓掌。雖然他們明知更巨大且駭人的癘魔仍迎立在前方，但此刻年輕的麥凱萊以指揮棒引導他們呼吸，刺激他們心跳；令他們按捺

不住地從陰鬱的森林走出，高高抬頭仰望天空，也深深對
土地彎腰鞠躬，讚賞著汗流滿面年輕的麥凱萊燦笑轉身的
英俊姿態。

（2021.03）

註：觀看克勞斯・麥凱萊（Klaus Mäkelä，芬蘭指揮家、大提琴
　　家，1996-）2020年8月19日於奧斯陸音樂廳指揮奧斯陸愛
　　樂樂團演奏「馬勒第1號交響曲」影片後有感。當日演出現
　　場，主辦單位根據官方指引採取了嚴格的COVID-19防疫
　　措施。

解讀

　　詩人黃里最新出版的散文詩集《年輕的麥凱萊》，是
十年磨一劍的心血結晶。其中代序詩〈年輕的麥凱萊〉呈
現的主題，是當今全世界最關心的時事，新冠肺炎疫情，
自然很能引起讀者共鳴；另一方面，創新的藝術表現技巧
讓人眼睛一亮。詩中巧妙融合疫情與古典音樂，意象鮮明
生動節奏變化起伏，在眾多描寫新冠肺炎的詩作裡，顯得
格外與眾不同。

　　詩題「年輕的麥凱萊」，從第一行「年輕的麥凱萊」
到結尾句「讚賞著汗流滿面年輕的麥凱萊燦笑轉身的英俊

姿態」，都緊緊呼應詩題。詩人以「你」稱呼麥凱萊。這位出生於1996年，年僅25歲的樂壇新星芬蘭指揮家、大提琴家，根據詩末的註，去年新冠肺炎肆虐全球時，詩人曾觀看24歲的麥凱萊，在奧斯陸音樂廳指揮奧斯陸愛樂樂團演奏「馬勒第一號交響曲」（副題是巨人）的影片，深受啟發而創作此詩。值得一提的是，馬勒創作第一號交響曲，也是24歲。

「我明白你的雙手已被綑綁許久，你的指揮棒已久未再帶領眾色光揮舞，如我在這小室裡的禁閉，兩腳只能於靜默與晦澀間游移」

短短四行，精準又深刻呈現指揮家與詩人，相同的困境。而（雙手）與（兩腳）的對比意象，詩句「文字也是音符的一種顏色」，都看得出詩人的巧思，成功營造你我都被疫情囚禁，看似不同實則相同的命運。

誠如詩句「全世界在緊鎖的門窗和口罩間運轉已一年有餘」，因為疫情，全世界幾乎按下暫停鍵，尤其是表演藝術活動。不只是身體，靈魂也同時被囚禁了，找不到出口。「你的馬勒又何嘗願意寂寞地躺在獵人的棺柩裡」，這裡，詩人用了一個名畫「獵人的送葬行列」的典故，也在書中附上圖片，說明馬勒曾註解這幅畫啟發他創作「第一號交響曲第四樂章」。這個典故，呈現令人震撼的畫面，也讓人感傷全世界因疫情離世的數百萬人，只能匆匆

火化，連送葬的隊伍都沒有。

　　接著筆鋒一轉，詩人讓馬勒復活在麥凱萊的內心：「要不要與動物們藉機出來遊行？」讓活潑的樂音與明亮的詩意同時展開，帶領讀者，跟著這群可愛的動物們，無懼數不盡的艱難險阻，勇敢地對抗暴風雨般巨人惡魔：病毒，堅信終會走出黑暗森林。「高高抬頭仰望天空，也深深對土地彎腰鞠躬」，這一幕是多麼觸動人心！「仰望天空」是懷抱盼望，向神祈禱；「彎腰鞠躬」是謙卑的姿態，心存感恩。

　　最後，年輕的指揮，給了一個「燦笑轉身的英俊姿態」，帶來旭日初升，充滿希望，正向的力量。整首詩正如第一號交響曲，讓人感受到大自然的溫柔又狂暴，神祕的能量，也帶給讀者巨大的盼望與鼓舞。詩人黃里熱愛古典音樂，音樂與詩學的素養同樣豐厚。細讀此詩，對他創新巧妙的構思布局，十分佩服！而他對飽受瘟疫折磨的苦難人間，發自內心，真誠的關愛，更讓人深深感動！

如是觀的演奏
──讀黃里〈布拉姆斯的金剛經〉

蒼僕

散文詩原文

〈布拉姆斯的金剛經〉／黃里

　　先生，近日白露時分，欒樹的小黃花紛紛掉落，夜裡以強光照射，路邊陰暗水漬裡的小黃花似晚空亮閃閃的繁星。請問先生，人能寫無法被感知之事，能說不為發覺之情嗎？

　　我從遙遠的道路盡頭，即看見你蹣跚地走來。你是否正思索著如何置放入另一個蟄伏的動機？如魚族無聲地在深不見底的小池裡潛游，三個柔順且微弱的音符，讓她難以辨識你的身影；世人也無從發現你起心動念，像靜水上的小黃花收斂光澤，魚族懷疑感受到波動，猶豫該不該浮升一探究竟。

　　先生，秋色將越發深濃，在逐漸冷寒的晴空中，我看見飄蕩飛揚的紅葉，似又聽不到你浪漫的旋律，但大地接住了這些顫抖的意念；在你強力暗示離棄的結束前，殘留下幾乎已被拭淨的希望。

註：聽布拉姆斯鋼琴作品集Op118.，No2.、No5.後有感。

解讀

　　訝異！何以一位德國音樂作曲家和《金剛經》扯上關係？

　　布拉姆斯（Johannes Brahms1833.-1897.）是浪漫主義中期德國作曲家。《金剛經》為佛教重要經典，旨詣為「諸菩薩摩訶薩應如是生清淨心：不應住色生心，不應住聲、香、味、觸、法生心，應無所住而生其心」。其言人在塵世莫執著，而致生種種煩惱，當應認知世間一切無常，正如其經末四句偈所言：「一切有為法，如露亦如電，如夢幻泡影，應作如是觀。」

　　〈布拉姆斯的金剛經〉是作者聆聽布拉姆斯鋼琴演奏後，隨音樂漫染而對人生的一種感悟。時值秋天，正是臺灣欒樹花開時候；臺灣欒樹花開黃色小花，蒴果苞片先是由粉紅色，變成紅褐色再為褐色，樹樣在短時間顏色變化，留給人「無常」的印象。

　　詩文以對話設問的方式來抒寫，分三段，類同布拉姆斯鋼琴音樂三階段的演奏。作者藉由音樂與布拉姆斯之間相互投射，而場景是秋天臺灣欒樹花開的街道。詩文首段「請問先生，人能寫無法被感知之事，能說不為發覺之情嗎？」，揭開世間情事，有些只能選擇沉默而無法去訴說！

在布拉姆斯的鋼琴演奏，Op118.，No2. 曲段中，音樂節拍常可聽到 Do Si Re 和 Do Si La 三個音符反覆地交叉呈現，且時而低沉，像是有言難語。而當音樂進入中段曲調時，中低音聲部穿梭游移，又彷彿是心中對世事波動百感交集，而相對於詩文的第二段「你是否正思索著如何置放入另一個蟄伏的動機？⋯⋯三個柔順且微弱的音符，讓她難以辨識你的身影；世人也無從發現你起心動念」，於此，作者隱約描述布拉姆斯愛慕克拉拉・舒曼並與舒曼三人感情間的掙扎，同時也意識到這人世間的感情，有些愛意在現實中只能抑制（恰如魚族在深不見底的小池裡潛游）。音樂同時也漫染到作者隱藏在內心的感情（那抑壓在內心裡的感情是否能表白？），但⋯⋯，事實上只能退卻「像靜水上的小黃花收斂光澤，魚族懷疑感受到波動，猶豫該不該浮升一探究竟。」

　　音樂的最後階段，又重回到第一段的主題與調性，這來回彷彿是布拉姆斯在沉澱，在回顧自己人生的曾經。對應於詩文，作者從首段的「知與覺的疑惑」，進入第二段「感情的困惑」到第三段釋懷地找到人世間「應作如是觀」的出口，故寫著「但大地接住了這些顫抖的意念；在你強力暗示離棄的結束前，殘留下幾乎已被拭淨的希望」。

註：有關布拉姆斯的愛情請參考《維基百科》。

　　　　　　　　　　　　　——2022散文詩解讀競寫優勝

苦吟以療詩
——黃里〈哭泣的咖啡豆〉的無情與深情

邱逸華

散文詩原作

〈哭泣的咖啡豆〉／黃里

　　當我自戀地朗讀著自己的詩篇，微笑地在長廊上漫步，啄木鳥於冬果落盡，新芽未萌的苦楝樹幹上推敲：「豆豆豆、豆豆豆……，什麼意思？什麼意思？」

　　我返回室內想繼續寫下一句。「什麼意思？什麼意思？……」那迴響自枯樹空洞的質問聲，在冷瑟的山坳裡來回激盪，「豆豆豆、豆豆豆……」。

　　倒出一些咖啡豆在研磨杯裡和啄木鳥對抗！咖啡豆在杯內聽到「豆豆豆」的聲音，開始變成一粒一粒表面濕潤的眼淚。我慢慢轉動研磨器，將這些淚，磨成粉。

　　　　　　　　　　　——2013.04，收錄於《忐忑列車》

解讀

　　當詩人「自戀地朗讀著自己的詩篇」，微笑地漫步時，情緒應是愉悅而有自信的，然而這樣高昂的感受，卻被破空而來的「豆豆豆」聲啄破。這是黃里〈哭泣的咖啡豆〉，在第一節丟出的懸疑。尤其末句「什麼意思？什麼意思？」，讓讀詩的我們也想問一問，這隻愛推敲的啄木鳥到底是「什麼意思？」

　　解讀「啄木鳥」意象的內涵，是理解此詩的第一個任務。東漢《異物志》（註1）記載了啄木鳥「穿木食蠹」的特性，亦即用牠堅硬的鳥喙在樹幹上敲打，若發現樹幹局部發出異聲，便以「超音速」將該處啄出一個洞，並將隱藏其間的蛀蟲鉤出後吃掉。這樣嚴謹而雷厲風行的舉措，為牠贏得「森林醫生」的美譽。

　　那麼創作如何和醫樹產生連結？請看詩人妙筆：「啄木鳥於冬果落盡，新芽未萌的苦楝樹幹上推敲」──「冬果落盡，新芽未萌」，不正是我們創作時「腸思枯竭」的寫照？而這株苦楝樹，是詩人對創作的「苦練」及「苦戀」。「推敲」一詞，讓人直接聯想到騎驢苦吟的賈島，在「僧推月下門」與「僧敲月下門」之間糾結的苦境。因此我們可以大膽設想，詩人欲呈現的，是創作過程中詩句落入窠臼、靈感未出，卻又執著不願擱筆的苦楚。而「豆

豆豆」除擬狀啄木鳥之聲外，也為其後「咖啡豆」的出場
預作鋪墊。

　　次節將樹幹的空洞連結至內在的虛空。「枯樹空洞的
質問聲」是自我的叩問，而「冷瑟的山坳」正是創作者寂
冷的心靈幽谷，「豆豆豆、豆豆豆」，詩人用啄木鳥為樹
療疾的態度為自己的詩診療——這是詩人對自己作品的無
情，卻更是深情。

　　末節的咖啡豆在「豆豆豆」聲中出場。咖啡豆倒進研
磨杯發出「豆豆豆」的聲音，這是寫實；但當「豆豆豆」
之聲化作一粒粒濕潤的眼淚時，便是虛寫憂傷的感受。末
句「我慢慢轉動研磨器，將這些淚，磨成粉」，便是虛實
交錯，我們彷彿在研磨聲中，聽見一顆詩心的吶喊，感受
到創作過程中那種磨人的苦。如此一來，本詩的「聲」
——「豆豆豆」（研磨、治療），和創作時的心靈感受
（眼淚、苦味），便綿密細緻地交織在一起，情感的表現
巧妙深刻。

　　執著的詩人因為珍惜自己的作品所以挑剔，因為自信
自戀所以自苦。創作如此，追求理想與愛情亦是如此。若
將此詩以「述志」或情詩來解讀亦無不可，畢竟「衣帶漸
寬終不悔，為伊消得人憔悴」（註2）的痴情與嚮往，是
我們追尋所愛過程中「自陷」的苦與美。相信愛詩的人能
在此詩的「豆豆豆、豆豆豆」聲中得到共鳴，找到知音。

註1：《異物志》，東漢楊孚撰。內容記載人物、地誌、禽獸、
　　　草木竹蟲等。

註2：詩句引自宋代柳永〈蝶戀花〉（佇倚危樓風細細）一詞。

　　　　　　　　　　　　　　　──2022散文詩解讀競寫優勝

主動入位的職場
——讀若爾・諾爾散文詩〈入位〉

靈歌

散文詩原作

〈入位〉／若爾・諾爾

　　一張金屬椅子被搬進辦公室，放在一個日曬的角落。椅子離開桌子後，細腿堅定地支撐內心的空洞，默默留意移動的腳步。經過的人有好些被椅子高雅的外表所吸引，但一坐下就感到陽光滲入金屬那入骨的熱氣，不得不彈起身離開，忽略了金屬的尊貴與持重。

　　他觀察辦公室的動靜很久了。那張他坐了十多年還沒有換過的折疊椅，椅身早已脫漆，底部的支架也磨損不堪，移動時老發出無力的抗議。因摸熟了導熱的定義，連續數天加班後，他索性霸佔了金屬椅，從那時開始計畫如何把金屬配偶也帶進來。

解讀

　　諾爾散文詩集《半空的椅子》裡，有不少組詩，也有不少主題延伸出系列作品。有的明朗，沿線索挖掘作品的意圖；有的隱晦而留下幾種解讀的空間，作者不交代，也不有頭有尾，讓讀者想像延伸擴展。〈入位〉這首詩，深刻描寫了上班族的生態，十年媳婦熬成婆後，也開始霸佔好不容易得手的位子並擴張。

　　「金屬椅子被搬進辦公室，放在日曬的角落。椅子離開桌子後，細腿堅定地支撐內心的空洞，默默留意移動的腳步。」金屬椅子是尊貴持重的，外表是高雅的，是主管階級的代表，離開群體（桌子），超越群體，不再和同事們混在一起。所以「細腿堅定地支撐內心的空洞」，也開始考核所有的下屬：「默默留意移動的腳步」。

　　主管的位子常常高處不勝寒，一如金屬，而一旦被陽光熾熱，也會將嘗試坐下的人「因入骨的熱氣，不得不彈起身離開」。而排斥所有覬覦的同事。

　　主角的「他」，「他觀察辦公室的動靜很久了。那張他坐了十多年還沒有換過的折疊椅，椅身早已脫漆，底部的支架也磨損不堪，移動時老發出無力的抗議」。這一段寫得真是傳神，摺疊椅，是較簡便的一般員工坐的椅子，沒有吸引人的外觀和堅固的結構，為了隨時可以收納

移動，擺一邊去，而設計摺疊。整段都是寫「他」的過
往，不得志，被看輕，抗議也沒人理。直到「因摸熟了導
熱的定義，連續數天加班後，他索性霸佔了金屬椅，從那
時開始計畫如何把金屬配偶也帶進來」。「摸熟了導熱的
定義」就是摸熟了老闆或主管的竅門，討好他，巴結他，
「連續數天加班」的下功夫，終於有了「霸佔了金屬椅」
的升遷，一朝得志，想到十幾年來的低聲下氣，開始計畫
布署「如何把金屬配偶也帶進來」，也就是培養自己的人
馬，鞏固自己的權位，這張「金屬椅」無論如何是不會再
給他人搶去了。

　　諷刺現實生活，職場上的你爭我奪，寫得血肉淋漓。

　　散文詩，題材無所不包，又要寫得意在言外，讓「摸
熟了導熱的定義」的讀者們心癢難耐又拍案叫好。

母親的螞蟻上樹了，妻子的尚未
──論若爾・諾爾〈螞蟻上樹〉一詩中婆媳戰爭的隱喻

邱逸華

散文詩原作

〈螞蟻上樹〉／若爾・諾爾

　　婚後不到三個月，他就想念母親的拿手好菜：螞蟻上樹，於是妻特地下廚準備他心愛的菜餚。

　　他們在樹下安靜地吃著螞蟻，這時母親打電話來，他握著聽筒，螞蟻順勢爬入他的耳朵，爬進喉嚨，再進入食道。

　　掛線後，他失去胃口，不知怎的吐了一地的粉絲，俯身一看，竟然是媽媽的白髮在地上蠕動。妻趕緊來清理，粉絲迅速在他和妻之間往上攀藤，築起一道半透明的竹籬。周圍都是螞蟻，妻說：「我們搬家吧！」

　　他望著妻，滿腹的螞蟻在騷動。

解讀

　　螞蟻上樹是一道川菜，菜名源於肉末沾在粉絲上，望之如螞蟻在樹上爬。這首詩巧妙運用這道形象鮮明的菜餚為引，敘述一對新婚夫妻受到「母性」力量控制的「驚悚」故事。

　　婚後不到三個月，新婚的丈夫就想念起母親的拿手好菜──螞蟻上樹；天真的妻子以為自己下廚烹出的螞蟻上樹，能解丈夫的思母之情，征服丈夫的心靈與口腹。

　　「他們在『樹下』安靜地吃著螞蟻」，這裡拆解了「螞蟻上樹」此道料理的意象，暗示妻子的螞蟻壓根兒上不了樹，所以他們只能在「樹下」吃螞蟻──丈夫內心的獨白或許是：肉末都巴不上粉絲的螞蟻上樹，如何能及母親的手藝於萬一？於是詩人巧妙安排了「這時母親打電話來」的情節──本來隱而不現的母親以「聲音」出場了，說什麼不重要，可怕的是「螞蟻順勢爬入他的耳朵，爬進喉嚨，再進入食道」，對母親的記憶與依附，又從精神層面轉回生理層面，包括聲音、味道與深層的欲望。

　　而丈夫「吐了一地的粉絲，俯身一看，竟然是媽媽的白髮在地上蠕動」，這無疑是本詩中最「驚心」的句子（註）。這不合胃口的粉絲化作媽媽的白髮在地上蠕動時，妻子要「清理」卻理不清，那白髮反而迅速在夫妻之

間往上攀藤，「築起一道半透明的竹籬」──母親成為一股無形而又強大的力量，將新婚夫妻生生隔開。於是哀怨的妻子說：「我們搬家吧！」搬家或許容易，但何嘗搬得開擋在夫妻之間，那完美又巨大的母親形象。

末節僅一行，卻無比強烈：「他望著妻，滿腹的螞蟻在騷動。」這裡的螞蟻從食材的肉末，轉成了騷動的情緒，一種咬囓性的感受。而這種感受，不只存在丈夫心中，更在妻子心中蠕動。

這首詩透過旁觀者的視角，冷靜的文字，營造一個看似尋常卻超現實的場景，讓讀者感受到一個完美母親的巨大影子，是如何籠罩著這對新婚夫妻的生活。這個完美母親無須現身，她以半生豢養的「戀母之子」，便能透過瑣事輕易地展現「殺傷力」，讓母親在這場隱形的婆媳戰爭中得到勝利。

詩人巧妙運用轉化、象徵技巧，強化了戲劇張力，凝鍊的詩語將故事情節濃縮得節制而深刻。貫穿全詩的「螞蟻」意象尤其具有層次，從食材、料理到騷動的情緒，最後甚至化作母親的控制意識，在這對新婚夫妻周圍爬動，在兒子心中遊走。作為一首探討「夫妻／婆媳／母子」多重關係糾葛的詩作，這樣的呈現手法無疑是新奇、高明而極具有想像空間的。

註：李長青認為〈螞蟻上樹〉一詩有蘇紹連讓人印象深刻的
　　「驚心」風格，尤以「竟然是媽媽的白髮在地上蠕動」一
　　句，最為經典。（若爾‧諾爾，《半空的椅子》，p.10）

　　　　　　　　　　　　——2020散文詩解讀競寫優勝

探討自我身分的認同：
若失去了身分、地位和角色，
我還認識我嗎？
──讀若爾・諾爾散文詩〈銳跑〉

姚于玲

散文詩原作

〈銳跑〉／若爾・諾爾

　　她不愛運動，但珍愛一雙腳，不惜花費為它們買一棟防水的房子。這房子的特殊設計在於其不穩定的地基，入住就好比在沙灘上行走，有點吃力地享受徐徐海風，住久了體重減輕了好幾公斤。

　　她帶走這棟房子走遍天下，用行動來決定地勢，再用地勢來決定行動。走了大半輩子，遇見一個送她新房子的男人，還住不到春季的花開，男人又為別人買了新房子。

　　她想念那變灰、黯淡的舊房子，被荒廢的牆，皮肉正一塊塊地掉落。

解讀

　　運動吃苦如修行，難讓人愛。為了保持雙腳的健康，人得運動，生活。腳被喻為「人體的第二個心臟」很重要。房子既鞋不過讓腳安居。我設想詩裡的腳是自我和自由的隱喻，而房子是人的附加物既地位、身分和角色。為了腳而買下「防水的房子」暗示她期盼處在自在、不傷感的位置和立場。

　　這房子的特殊設計在於其不穩定的地基，她的地位、身分、角色天生不穩定，也受後天影響。「入住就好比在沙灘上行走」，步伐不穩，她難以前進，只能「吃力地享受徐徐海風」，苦中作樂。「住久了體重減輕了好幾公斤。」，當人難以肯定本身的地位、身分和角色，就開始懷疑自己在社會或他人心裡的份量，而「體重減輕」正好呼應這個說法。

　　「她帶走這棟房子走遍天下」，她憑靠地位、身分或角色的觸覺待人處事。「用行動來決定地勢，再用地勢來決定行動。」，她的行動和自由度被位置和立場牽扯，反之亦然。「遇見一個送她新房子的男人」，在戀情裡，她被賦予新的地位、身分和角色。「還住不到春季的花開，男人又為別人買了新房子。」，當戀情未開花結果，男人又把她在愛情裡的地位、身分和角色轉交他人。當她失去

了愛情裡的位置，只能回憶過去，不禁哀傷。

在社會學裡，自我身分認同（self-identity），強調的是自我的心理和身體體驗，以自我為核心。與人處於親密的關係時，因外來衝擊是探究和印證個人自我身分認同的良辰美景；失戀會導致自我身分的懷疑。「被荒廢的牆，皮肉正一塊塊地掉落。」，地位、身分和角色的破碎，自我和自由也漸漸模糊。

回應開頭的設想，充滿活力的「腳」是自我和自由的隱喻；「房子」代表一個人的地位，包括身分和角色；「運動」指的是生活。人的矛盾包括慣以外來賦予的身分、地位和角色去反复量度，驗證自我價值，感受到肯定。可悲的是被賦予的身分、地位和角色往往過於被動，易被替代，難掌控。當身在其位或身不由己的關鍵時刻，身分、角色、地位直接影響個人表現，並與價值觀、思維、舉止互牽互扯。當一個人失去所有，她的地位、身分和角色是否連同消失，包括那個本該無須受任何人認同和擺佈的「自己」？若腳是人因懼怕身分、地位、角色被剝奪而隱藏的第二顆心臟，我們是否忽略了那雙還有能力單純為自己運動，維持生命的器官？

詩題〈銳跑〉是Reebok運動鞋的中文譯名，或許詩人想分享的是人如「鞋」既腳的「房子」；它保護腳，讓腳體驗「運動」這回事的用品。撇開地位、身分和角色，

如一個無牌用品；我們無身分、地位和角色的腳，是否能
感受到真正自我和自由的生命？

註：自我身分認同（self-identity），強調的是自我的心理和身體
　　體驗，以自我為核心。（取自百度百科）

　　　　　　　　　　　　──2022散文詩解讀競寫佳作

獻身的忘我精神
──讀簡玲散文詩〈薪火〉

江美慧

散文詩原作

〈薪火〉／簡玲

在生不逢時的沼澤，一些乾蘆葦成為燃薪，他們取暖，貓頭鷹聲鳴時火捻逐漸熄滅，他說她是最後的希望。

烏雲下起暴雨，他們的腰際涉渡一條紗裙，淺草覆住坎坷不平的胸膛，他橫臥成小筏乘載她，夜鷹一路瘋狂淒冽，逐水移動的浮力漸漸蒼老，他叮囑打開心窗，瞭望，遠見那朵火花，沒有餘裕的時間可以沉淪。

鷹的惡聲睡去，光明就要甦醒，小筏洩氣了，足踝下深綠水面匍匐一張獸皮，裸露一具牛的肩胛骨，她驚呼：「起來啊，爸爸，快起來！」他蹣跚的步履消停，一生寂滅悲傷濕地。

她上岸，高舉骨骸的三角旗，迎著喧天黃光，奔向父親的夢徑……。

──選自2020第二回散文詩競寫優選Top10

解讀

　　這是一首沉痛、悲情的散文詩，描寫為了血脈的傳承，不考慮個人安危，把自己的全部精力和生命都交出去的無私奉獻。詩題〈薪火〉比喻一棒轉交下一棒，持續不斷不絕的交付和接受。或許是族群、血緣、文化精神的更替繼承，綿延不盡。詩人簡玲的創作活力旺盛，作品有個人和女性特質的內涵，自身湧現入世情懷，常有閃現靈魂與生命智慧的對話。

　　首段描寫正值時運不好，在遭遇坎坷的沼澤邊避著，只能撿拾些微乾燥蘆葦當作艱苦的燃料，利用此渺小的熱能，試圖挽救身體僅剩下的微薄溫暖。然而此時濕透的暗黑，寧靜驟然在貓頭鷹銳利的鳴叫聲中驚醒。貓頭鷹在中國文化裡有「厄運、恐怖」的象徵意義，藉著「貓頭鷹聲鳴時火捻逐漸熄滅」，意謂處境極其悲困，面對茫茫的未來，痛楚窮愁已經了然於心，讓父親深深體認領悟，唯有女兒能夠繼續傳承存活下來，才是他不堪負荷的身體下，最後向天禱求的願望。藉由「沼澤、乾蘆葦、貓頭鷹、熄滅」一層一層的意象堆疊，營造黯然的悲苦。

　　第二段的氣象由上（烏雲）傾倒而下（暴雨）；兇猛水勢由下進逼而上（胸膛）。以「紗裙」半透明和飄逸的特質來類似聯想，視覺摹寫水流的高低起伏，及河水的

淺草正彷彿紗裙上繡著精緻的圖象，是很鮮明獨特的再造
性想像。「他橫臥成小筏乘載她」，父親宛若小筏一樣，
揹著孩子涉水而行，暗示奮戰的影像，表現出具體、傳神
的語言開創。接著「夜鷹一路瘋狂淒冽」，夜鷹其聲音高
亢，特別尖銳而嘹亮的鳴叫頻度，侵凌入耳的哀鳴，極其
形聲特徵，強烈地反映出艱難漫長的情景。「逐水移動的
浮力漸漸蒼老」婉曲筆法，含蓄地暗示內心與體力的耗
盡、無助和孤絕，凸顯出逐漸被撕裂的生命。最後父親再
三囑咐她要放開自己的心靈，用遠征與明察的眼光，去見
解目標邁進，而不膽怯浪費時間，沉溺於當下重重壓力的
一時困境。如同尼采（Nietzsche）曾說：「受苦的人，沒
有悲觀的權利。一個受苦的人，如果悲觀了，就沒有了面
對現實的勇氣，沒有了與苦難抗爭的力量，結果是他將受
到更大苦」。這一段，從「烏雲、暴雨、涉渡、小筏、逐
水、浮力、蒼老、心窗、瞭望」的因果關係聯想，能閱讀
出作者的巧思，講求故事畫面的合理和連續性。

　　第三段的詩質最飽滿。「鷹的惡聲睡去，光明就要
甦醒」，以擬人筆法「睡去、甦醒」寫黑暗的離去，黎明
的到來，具備詩的明亮度；小筏（借代：父親）宛如橡皮
艇洩了氣的癱瘓，暴漲的洪水也已經退出，腳踝下踩著淺
草，水面上趴著一張彷彿被剝下來攤放的獸皮。不直接說
「死亡」，以「裸露一具牛的肩胛骨」曲折表達「死亡的

父親」。藉著「牛」的象徵勤奮、樸實、敦厚的既定形象，和「肩胛骨」又切合承擔責任的意象，具體呈現出最後失去寶貴生命的父親。細緻筆法「蹣跚的步履消停，一生寂滅悲傷濕地」，「濕地」的雙關，將痛楚精準地深刻表達，讓讀者難忘如此淒慘的畫面。

末段，「她上岸，高舉骨骸的三角旗」，暗示父親雖然離世，但女孩已經傳承接下「奔向父親的夢徑」，回叩〈薪火〉詩題。以嶄新的生命，繼承父親的夢境之路，即使有災難的警告與阻礙，也要打開心窗，努力朝向那朵火花前進，延續信念的發光發熱。

整首詩採取敘事和意象交叉並置的呈現技巧。分成四段，詩文的開端、承接、轉折及結束的章法結構，勾勒出一條完整的故事主軸，生動而具體。詩裡面，有高度的創意安排貓頭鷹、夜鷹和牛三種動物推展情境的鋪陳，加深詩的想像空間與悲涼力道。在語言的張力裡，有視覺（乾蘆葦、深綠水面）、聽覺（貓頭鷹聲鳴、夜鷹一路瘋狂淒冽、鷹的惡聲）、觸覺（淺草覆住坎坷不平的胸膛）、心覺（一生寂滅悲傷濕地）的靈活運用，做了形象豐沛，層次與拿捏的連貫、完整表述。剛好最近翻閱到一則舊新聞，在2016年9月11日溪頭神木因為連日降雨造成土石鬆動，而砰然傾倒。但是在歷經5年後，倒塌的神木樹幹上卻長出多株紅檜小苗，一、二代紅檜同堂，正如作者的這

首〈薪火〉一樣，大自然已經真實貼切地寫下一首詩──
〈紅檜種子在倒木身上奮起綠色的手指〉。此刻，才霍然
領悟：生命生生不息的薪火傳承。詩人簡玲的詩風，字句
中總是寓有深意，而且能觸動人心，讓我們在閱讀後，有
所反思。也彷彿詩人正以文字為薪材，寫出詩作的火焰，
傳承、照亮讀者的心靈。

──2021散文詩解讀競寫佳作

笑，在傘影漩渦中
——讀簡玲〈傘〉

蔡履惠

散文詩原作

〈傘〉／簡玲

　　傘，亮在初孕的母親頭頂，黑色小宇宙，新嫁娘不與天爭。

　　傘，在校門喚我，傘面大，傘下的母親很小，風一吹，她手上青筋和傘骨一般深，雨來，她騰挪空間，手臂周轉戀棧我，踉蹌和風敵作戰。

　　晴天的傘，躺在黑夜，母親窗子的背影寬厚。

　　「原來你是大的，你騙我。」我使性子哭。

　　「只要你大，你長大就好。」她笑著逗我。

　　傘的漩渦，壓榨苦水汩出甘醇汁液給我，曝曬的日子不知不覺風乾母親名字讓我長大。

　　母親的傘過了小丘，她遺失很久的名字走在傘下。母親變小，她輕盈的骨骸笑，山嵐哭，撐傘的我也哭。

解讀

　　華人嫁娶的習俗有這麼一條：新娘過門，應由伴娘持紅傘護其走至禮車，意味著新娘在結婚日地位再大，也不得與天爭大。撐黑傘則表示已經有孕在身。本詩首段便帶出了這個習俗：傘，初孕，黑色小宇宙，新嫁娘不與天爭。

　　詩分四段，寫的是一個女子初嫁、為人母的半生故事。全詩由主要意象「傘」貫串全場。主述者「我」是這女子過門後生下的孩子。詩中看不出其性別，為方便行文，姑且視為女娃。

　　傘，本是用具，天雨，被母親帶去學校接「我」回家。在次段，作者略過此想當然耳的過程，直接將母親見到「我」的情形放在段首，頗有護犢心切，急著要護女到傘下的急迫。此時，傘被借喻為母親，又被擬人化，呼喚著「我」，然後傘又變回母親手上的用具，這裡意象的鋪陳巧妙而生動。接著，作者用映襯手法，借傘的大，對比母親的小。母親不只小，而且瘦，從她緊抓傘柄的手暴露的青筋和「傘骨一般深」可以窺知。雖有誇飾的意味，而母親勞苦的形象也躍然紙上。本段對母親外觀的形容，令人印象深刻。

　　感覺彼時的「我」是年幼的卻也是懂事的。她把母親在傘下和風敵對抗的踉蹌和狼狽看在眼裡，掛上心頭。

所以當第三段黑夜把傘影和母親的背影疊加在一起時，「我」誤以為母親的背影是寬厚的，不是她和母親共傘時所見的單薄，當下心中壓著的不安釋出，心情一鬆反而嚎啕大哭。「原來你是大的，你騙我。」母親不禁風的瘦弱是孩子心上難以承受的重！有趣的是，母親並不撫慰也不反駁，反抓著「我」的話頭逗她說「只要你大，你長大就好。」意圖轉移注意力，讓「我」從對母親的注意轉移到對自己的注意，多些對自己未來的期待，少些對眼前母親的憂慮。本段的最後以一個長句把母親半生的波折概括為「傘的漩渦」，在這樣的日子裡，「我」得到的的卻是「甘醇汁液」直到長大。

末段的首個傘合二為一，既是母親的骨灰盒，也是守護骨骸不讓魂魄見光的保護傘。末段最醒目的一個字是「笑」——母親的骨骸「笑」在「山嵐哭，撐傘的我也哭」之中。

寫母親的詩文很多，詩中的舉例雖家常卻動人，動人因素如下：

一、傘是家居必備物，晴雨兩用隨時待命，相較於母親，守護家庭打點一切，自有共通處。以傘為意象譬喻，貼切而精準，易解而不晦澀，加之在詩中反復出現，在人與物間切換自然，鮮活了本來平淡無奇的日常描述。

二、巧用修辭，也適時留白。簡筆勾勒出的親子相依
　　的情景和世上異中有同的母親形象，令人心有
　　所感。
三、詩中母親與眾不同處在於面對生活的態度：笑。
　　她不說教卻讓人在無形中受教了，包括讀者我。

　　　　　　　　　　──2022散文詩解讀競寫優勝

於滾滾洪流中安身立命之女性
──讀簡玲散文詩〈斷掌〉

羅宇媛

散文詩原作

〈斷掌〉／簡玲

　　我那美好江山，被你穿越的河流分割，一半是山，一半是水。我的頭顱橫亙稜線，眼眸飛過枯潮，恨與愛，在火葬場，等一個告別。

　　許多年後，你已繁華落盡，攤開掌心，江山依舊。

解讀

　　品讀這首散文詩恍若置身於小說與電影情節中，鮮明的享受一場淋漓的情感洗禮。

　　筆者深覺〈斷掌〉這詩題，頗具歧義性，因為若以古代流傳的觀念而言，認為斷掌的女性有主見且自我意識強，生活在以男性為主的社會中，婚姻路上易招挫折，不禁讓人思忖，詩人在此用「斷掌」詩題其意象傳達意欲為

何？所指涉之處為何？耐人尋味。

　　隨著詩意尋走至詩中第一句，「我那美好江山」開頭的「我」是主體，置於第一位。明顯可見，那原本的美好江山，對詩人來說這江山是可以完全掌握的，豐盈的現況或美麗藍圖。豈知「被你穿越的河流分割，一半是山，一半是水。」因為「你」的到來，如同浩浩江流硬生生地穿越，將那錦繡江山分割成山是山，水是水，各自分領，無法交匯。筆者頓然曉悟，這穿越的河流猶如手掌中的斷掌紋，感情線與智慧線重合一直線，通貫一手可掌握的江山；於是「我的頭顱橫亙稜線，眼眸飛過枯潮」讀此，似乎可以聯想後續的日子，應猶如在落日下慘澹昏黃，雙眸淚乾，破落無力，美好江山瞬間變為殘山剩水，這該如何找出生路啊？於是「恨與愛，在火葬場，等一個告別」說起這愛與恨同根同源、同生並存，只不過當愛無法聚合時，恨就是餘熱，只能奔赴火葬場，以燒滅來遺忘了結。筆者讀完第一段，內心有一種痛徹心扉的傷感，深深感受到女性無法自主，掌控自己人生的困境與無奈。直到第二段「許多年後，你已繁華落盡，攤開掌心，江山依舊。」讀到此處，才豁然開朗。只是當這場愛恨情仇已煙消雲散後，當事人是否學習到了什麼人生課題，引人深思。

　　此時，忽然聯想起蕭麗紅小說《桂花巷》及馬來西亞陳團英小說《夕霧花園》都改編成電影，雖然兩部作品相

隔三十多年，卻都帶出了同樣的議題，那就是──作為女性應如何安身立命於現世？

《桂花巷》裡的主人翁，斷掌的「高剔紅」，一心一意想要突破傳統宿命，堅強的想掌握自己的命運而展現了不屈不撓的意志力。《夕霧花園》裡與園藝師相戀的女子，因園藝師對該女子的尊重給了該女子安身立命的理想空間，而該女子也依靠自身能力找到歸屬，進而理解真愛，其實是一種無限的善待。

在時代更迭流轉中，簡玲〈斷掌〉這首散文詩，似乎也在指涉此部分：不是先天斷掌之人，被你穿越成斷掌，而擁有後天你給的斷掌的宿命，在百轉千迴後，依舊能浴火重生，活出自己的樣貌；因此，斷掌已是個神話，終究無法取代真實而完整活出自我的女性人生。

　　　　　　　　　　　──2022散文詩解讀競寫佳作

「意義」vs.「效益」
──讀李進文散文詩〈動作片〉

葉子鳥

〈動作片〉／李進文

　　洗衣、脫水，轟隆隆的馬達終於閉嘴。陽臺外那株菩提樹反倒趁機抽高蟬嘶。我正要晾自己的衣服，忽見街上一人穿著跟我手中的一模一樣，而且他橫越馬路的方向似乎就是我家，他跌倒，模樣像一把斧頭，一輛轎車正疾速撞向他……千鈞一髮之際，我把他晾起來，他在滴水。

解讀

　　〈動作片〉裡充滿了對現代性生活的嘲諷。自十八到二十世紀以降，西方社會進入工業社會，看似脫離傳統封建束縛，追求個人實現的自由，卻以殖民掠奪的資本主義經濟形式，進行工業化、都市化……，以科技發展為圭臬，以政治干預推進了新自由主義，導致國與國、人與人

之間的貧富差距擴大及生活的原子化。

　　詩中對洗衣機的心理反應卻是「終於閉嘴」，反而聽見了「陽臺外那株菩提樹反倒趁機抽高蟬嘶」，如此的對比，有著令人會心一笑的反差。昔日那種手動的勞作方式，確實非常的辛苦，尤其是家事的重擔大部分都落入男主外，女主內的窠臼。機器的發明雖然解決了人們大部分的勞動辛苦，所謂「科技始終來自人性」，其實是「科技創造人性」，所有的以進步之名的發展與發明，大部分都無法與資本家的生產體系脫鉤，他們希望人們投入更多的工時工作，甚至無人化的發展；但人類並沒有因為如此享有更多自主的時間與空間，反而是把自己的時空零碎化投入生計，以購買更多的家電或科技產品，因應現代化生活的標準。

　　李進文以男性的書寫洗衣，似乎有著現代男女平權的意味（如果站在雙薪家庭的角度，更是理所當然），而正要晾衣服之際，卻看見了一個穿著跟他手中衣服一模一樣的人正橫越馬路，且「方向似乎就是我家」，他看到了另一個競爭者，像他一樣鎮日行色匆匆，無意識地成為一個生活忙碌的討生者，那個酷似他的人，正是所有當前社會經濟結構的一個原子單位，被框在方形的大樓建築，追尋的不是生活的「意義」，而是生活的「效益」。人已變成工具一樣，「他跌倒，模樣像一把斧頭」就是一種譬喻，

討生活有時要快、狠、準,在這個瞬息萬變的資訊時代,一定要搶得先機;或是人也等同大自然的資源一樣,可以隨取隨用,隨意丟棄。當酷似他的人無意識地機械性的行動,差點被車撞的千鈞一髮之際,「我把他晾起來,他在滴水」這一句正是詩的關鍵。

因為文學所表現的,往往是世界的形變,這也是迥異於工業與科技所能計算統計的視域,是將世界的隙縫打開,晾起來的是一個「我」與「存在」的中介性,留待「滾」在裡面的人與自己對話,讓習於日常軌道後的現代性焦慮滴出對自己有意識的召喚。

在標點符號之間尋找優雅生活
——讀紀小樣散文詩〈優雅生活〉

卡路

散文詩原作

〈優雅生活〉／紀小樣

　　虹吸式玻璃壺在腦門生煙……，日影爬得比他筆耕的藍田還快……，一杯espresso在桌角已被靈感喝光：而夕陽卻還伸出紅舌——一再喊渴……。

　　某種流行，像在咖啡館裡寫稿；不然就是讓香味牽引——走向咖啡的路上。用路人的眼光端正自己的儀容，自適地坐著位置——靠窗，跟品味高雅‧長長假睫毛美麗的老闆娘好像很熟，也很有禮貌地詢問女工讀生的近況。

　　未來，我會像他——隔壁桌難以高攀的優雅——像高踞樹頂的麝香貓——談笑間有種顧盼——眼神如水流動……。惟某種進口高級品牌的成人紙尿布知道——在咖啡館喝著南瓜濃湯、害怕得攝護腺癌的老人——已經有漏尿的習慣……。

解讀

　　有人說「優雅生活」是一種態度，那可不可以說詩人對優雅生活的態度既可以是一首詩、一行字、一壺茶、一杯咖啡、一截老去的年華……。

　　第一次讀這首詩就注意到作者紀小樣在詩裡放了很多破折號和刪節號。破折號（──）通常用於語意的轉變，或強調／補充說明某個語詞。刪節號（……）大多用在語句未完，意思未盡的時候。

　　我發現作者詩裡的破折號是一種玩意，因為每個破折號前面的一個詞剛好對上破折號后面一句的意思，要在破折號之間來回細讀，才弄明白作者是如此花心思編排的喻意。我們且一段一段來看，這些標點符號如何把一首詩的意味提升到另一種層次。

　　法國人常被認為是優雅生活的典範，而他們常泡咖啡館的習慣更是譽為優雅的舉動。作者就以他認為很優雅的虹吸式玻璃壺沖泡一杯咖啡，再以刪節號（……）蕩開他詩裡對于人生百態的面面觀。「虹吸式玻璃壺在腦門生煙……，」虹吸式玻璃壺，也稱寶風壺，是藉由加熱下壺氣體，增加壓力，虹吸將水推至上壺萃取咖啡。在日本和臺灣很流行，比起手沖式，價錢昂貴，操作方面也複雜很多。為什麼要把喝杯咖啡弄得這麼複雜呢？或許他覺得太

簡單的是日常，複雜才顯得生活優雅。或許複雜的方式是一種諷刺，因為接下來「日影爬得比他筆耕的藍田還快……，」說明昂貴又複雜的咖啡並沒有讓作者有更好的思維，促使他寫下好的文作，而這裡的刪節號（……）似乎是作者也不知道要繼續到什麼時候的寫照。

　　「一杯espresso在桌角已被靈感喝光：而夕陽卻還伸出紅舌──一再喊渴……。」這裡用了冒號（：），引用夕陽的熱來形容腦袋被靈感充塞得厲害，espresso這靈感的來源卻不足夠解決需求。破折號（──）前的「紅舌」對後面的「一再喊渴」更是加重了「渴」的程度，而「渴」後面的刪節號（……）又是加長了「渴」的時間。

　　「某種流行，像在咖啡館裡寫稿；不然就是讓香味牽引──走向咖啡的路上。」

　　「牽引」去哪裡？破折號（──）告訴你「走向咖啡的路上。」。咖啡的路上有什麼？有咖啡香味，有寫稿的人，而這些會聚集在一起都只因為是流行的關係？往回看，原來是「流行」牽引著人們，而不是咖啡，咖啡只是其中一項流行。

　　「用路人的眼光端正自己的儀容，自適地坐著位置──靠窗，跟品味高雅‧長長假睫毛美麗的老闆娘好像很熟，也很有禮貌地詢問女工讀生的近況。」我們要梳妝打扮時會照鏡子，鏡子會照出自己真實存在的一面。為什麼

作者要端正自己的儀容，不去照鏡子，而是通過路人的眼光？是不承認真實的自己，還是只認同別人所看見的自己？這裡有個「位置」，位置可以是身分，某人心中的分量，或是別人看到的表象。破折號（──）後是「靠窗」，顯然作者選擇的位置是別人看到的表象。老闆娘美不美，熟不熟並不重要，重要的是她品味高雅，在別人眼裡會覺得物以類聚。女工讀生的近況好不好並不重要，只要別人看到自己是個有禮貌，有愛心的人就好。

「未來，我會像他──隔壁桌難以高攀的優雅──像高踞樹頂的麝香貓──談笑間有種顧盼──眼神如水流動……。」作者（我）的未來從「像他」以兩個破折號（──）延申出優雅如麝香貓。麝香貓咖啡，又稱貓屎咖啡，是世界上最貴的咖啡之一。它是由麝香貓在吃完咖啡果後把咖啡果原封不動的排出，人們把它的糞便中的咖啡豆提取出來後進行加工而成。所以作者是要以昂貴的物質來營造出優雅生活的形象。

段落中，語意在下一個破折號（──）轉變；是什麼時候談笑間開始有了顧盼？是看到隔壁桌優雅的人有什麼不妥的地方？或者周圍出現與優雅環境不搭的情景？又或者是在尋找更適合自己的咖啡？破折號（──）後的眼神如水流動，似乎是在補充前面的「顧盼」裡，作者眼睛所流露的神態透露他所認為是優雅生活的概念已經有變動。

後面的刪節號（……）又加強了變動的幅度。

　　「惟某種進口高級品牌的成人紙尿布知道——在咖啡館喝著南瓜濃湯、害怕得攝護腺癌的老人——已經有漏尿的習慣……。」原來作者察覺到咖啡館裡那位他想模仿的難以高攀的優雅人士，那位穿戴進口高級品牌的老者，穿著成人紙尿布。是什麼引起作者的注意？破折號（——）是因為老人在咖啡館喝著南瓜濃湯，在這麼高級的咖啡館不喝咖啡是因為咖啡會刺激攝護腺，或致攝護腺癌的關係。另一個破折號（——）帶出老人已經有漏尿的習慣的事實，不然也無需穿成人紙尿布了，而後面的刪節號（……）更顯得他漏尿的情況蠻嚴重。

　　詩除了可以借精煉的文字呈現詩人的人生觀，意象凸顯詩人的感思，詩人若懂得巧妙的運用標點符號，更可以把詩的張力延申，讓讀者的想象空間擴張。通過賞析這首詩，看作者以觀察咖啡館裡的情景來描述他對優雅生活的人生觀，穿插之間的標點符號更是讓讀者感受到模仿者的悲涼。

　　　　　　　　　　　　——2021散文詩解讀競寫佳作

詩辯與尸變
──讀紀小樣〈詩辯與尸變〉

徐郁翔

〈詩辯與尸變〉／紀小樣

　　散文詩是詩的一種容器。

　　水杯就是容器，沒有人硬性規定裝水的杯子必須是圓或是方？只要能裝水解渴，就好；不管黑貓、白貓，能捉得到老鼠的貓，就是好貓！

　　在此，自立為王。我想霸道地說：沒有意象且不能用意象觸動我心的，就不是詩！不管你堅持分行、分段、分身還是開腳？

　　在散文詩路上有些啟迪與驚艷，不想藏私（詩），他們是：波特萊爾、蕭白、商禽、蘇紹連、杜十三與然靈⋯⋯，他們是海，我只是摸到了一把鹽，不知道什麼容器可以裝得下他們？

　　葫蘆是葫蘆仔的容器；蘋果的內核有蘋果籽。

　　散文詩祇是詩的一種容器，水杯是容器，蓋棺我的廢

材，也是！

解讀

　　〈詩辯與尸變〉開門見山點出詩旨，作者欲證成的命
題為「散文詩是詩的一種容器」。正如同水杯的形狀、貓
咪的顏色並非重點，重點乃是能否裝水、捉老鼠，詩的重
點也在於能否傳達詩藝與詩意。那什麼是詩藝與詩意呢？
怎樣才算是詩呢？作者於第三段給出簡潔有力的定義，筆
者在此簡單地換句話說，即為「具有能感動人的意象」。

　　在第四段，作者邀情讀者走入詩中，比肩回望散文
詩的歷史和流變，放眼未來。作者雖先在第三段自負表示
「在此，自立為王。我想霸道地說」，到第四段卻謙遜地
面對前輩和詩友。用海讚頌「波特萊爾、蕭白、商禽、蘇
紹連、杜十三與然靈」的深邃與廣闊，以鹽自謙只抓取了
散文詩之道的一鱗半爪。

　　頗為有趣之處為題目中「詩辯」與「尸變」的關係。
這個關係在「不知道什麼容器可以裝得下他們」一句展
現，從「詩辯」延伸到「尸變」，而其旋鈕則在於「私
（詩）」，亦即「我（＝私＝詩人）」。海子名作〈面朝
大海，春暖花開〉有句「給每一條河每一座山取一個溫暖
的名字」，指出了詩人的價值、任務。夕陽本只是夕陽，

雨本只是雨，皆不過是普通的客觀自然現象。但在詩人的筆下，夕陽是美好事物的結束，雨是情人的眼淚。給予事物關係、關聯，就是詩人的價值、任務！

從「散文詩是詩的一種容器」到「不想藏私（詩）……不知道什麼容器可以裝得下他們」，至「散文詩祇是詩的一種容器，水杯是容器，蓋棺我的廢材，也是！」，「詩」、「尸」、「私」這音近的三字，透過詩人，產生了互動。一首首名詩裝著「波特萊爾、蕭白、商禽、蘇紹連、杜十三與然靈」等人的詩藝與詩意，才是乘載他們的精神、偉大之所在，而絕非是裝著肉身屍體的棺材。所以，「我」的棺材只是廢材，「我」的詩才是我的靈魂，詩的靈魂也不在分行分段，而是意象的動人。

總結來說，散文詩的重點在於「詩」而非「分行、分段」等常見的誤解，「我」亦然，重點也是「詩」而非「尸」或「棺材」。

寫詩絕非易事，論詩亦然，以詩論詩更可謂難上加難。紀小樣〈詩辯與尸變〉一詩勇於面對困難，無愧於「在此，自立為王。我想霸道地說」的豪情萬丈！

　　　　　　　　——2022散文詩解讀競寫優勝

包羅萬象的「出租店」
──讀紀小樣散文詩〈濱海出租店〉

忍星

散文詩原作

〈濱海出租店〉／紀小樣

　　僧帽水母趴在黑色礁岩上偷笑──多話的海，爬上岸去，對一隻橫行的螃蟹說：「我已網開七面……你何以傻傻地再來自投羅網？」

　　海神的三叉戟鬆脫了好幾個尖銳的零件。太平太久的海，沒有辦法深入體解蔚藍的苦難！老人知道：很多誓言一遇到婀娜的漂流瓶就醉倒；而沒有被惡意摘下的星星──不是看得目瞪口獃；就是花枝亂顫。

　　所幸，遠來的觀光客留下的藍白拖還不致踏沉我們的島；這是我們倖存的陸塊，三尺之下埋著我們深沉的母語──很難再有舌頭可以舔舐與旋轉。

　　旋轉店招不動；衝浪板已經側躺在幽暗的牆角瀝乾。「垃圾不回收」的告示，漆面剝落；鐵皮靜靜生鏽──鹽在屋頂的睡床，雨水正要滴穿……綠蠵龜很忙碌，在燈塔

探照不到的沙灘——用神聖的紫色交尾器撐開天地產卵。

　　海已鼾聲大作；寂寞出租店，獨自整理著被蛙鞋踢斷的釣竿。老人徹夜苦苦等待——還有一部水上摩托車，尚未被海浪歸還。

註：《當寂寞在黑夜靠岸》P.14＆刊登於《自由副刊》2022-03-16。

解讀

　　知名現代詩評論學者鄭慧如教授（1965~）在替詩人紀小樣（1968~）最新詩集《當寂寞在黑夜靠岸》（秀威，2021.12）寫【推薦序】時提到：「（《當》書）專輯散文詩的第六輯⋯⋯13篇作品融意象運用與說故事的能力為一爐，體現紀小樣詩的戲劇性、超現實性，以及不同於分行詩的舒放感，普遍令人眼睛一亮。」（註1）筆者有幸在今年3月16日的《自由副刊》又再次讀到紀小樣（如鄭教授所言）「融意象運用與說故事的能力為一爐」的散文詩作品〈濱海出租店〉。而這一篇散文詩作品除了有上述原有特色（戲劇性、超現實性等）之外，另外還被筆者無意之中發現了另一個歷來散文詩創作者（就連臺灣散文詩始祖商禽也一樣）所沒有的特色：那就是每段的段尾都「押韻」。

紀先生此首散文詩共分五小段。每小段都「故事性、畫面感」十足。原來，紀先生巧妙運用「譬喻」修辭，將詩內出現的動物或人工物品用「擬人化」的手法和技巧，賦予他們各自好像「攜帶任務」般穿梭在字裡行間。讓這間濱海「出租店」所出租的物件、對象與四周環境（包羅萬象─陸海空三度空間＋時間＋神話人物），產生了莫大的戲劇性和惆悵感，引發讀者閱讀好奇心與領略散文詩獨特美感的雙重效果。

　　筆者認為此詩透過「大自然擬人」和「人工物擬人」來推演（故事）情節，不僅豐富了敘述語言（甚至有些許的卡通化），引人入勝之外，也讓作者暗藏心中的「詩旨」和想要傳達的意念更生動，更鮮明。

一、「大自然擬人」方面：

　　第一小段有多話的「海」，爬上岸去；「僧帽水母」趴在黑色礁岩上偷笑；我（海）已網開七面；第二小段有「星星」──不是看得目瞪口獃；就是花枝亂顫；第四小段有「綠蠵龜」撐開天地產卵；第五小段有「海」已鼾聲大作；水上摩托車尚未被「海」歸還。

二、「人工物擬人」方面：

　　第二小段有很多「誓言」一遇到婀娜的「漂流瓶」就

醉倒；「三叉戟」鬆脫了好幾個尖銳的零件；第三小段有「藍白拖」還不致踏沉我們的島；三尺之下埋著我們深沉的「母語」；第四小段有「衝浪板」已經側躺在幽暗的牆角瀝乾；「鹽」在屋頂的睡床；第五小段有獨自整理著被「蛙鞋」踢斷的釣竿。

　　由上述可見，紀先生嫻熟運用「擬人譬喻法」，成功地將單一孤立的「濱海出租店」營造出衝突（畫面）感十足，且戲劇化呈現海／灘經過人為的破壞，海洋周遭環境甚至連人類「母語」都不能保持完好，倖存於當下。

　　再談到「押韻」的特色。第一小段「網」押「ㄤ」韻；第二小段「顫」押「ㄢ」韻；第三小段「轉」押「ㄢ」韻；第四小段「卵」押「ㄢ」韻；第五小段「還」押「ㄢ」韻。

　　　　　　　　　　　　　　　──2022散文詩解讀競寫佳作

觀看同時被觀看
——讀陳謙散文詩〈水族箱〉

李桂媚

散文詩原作

〈水族箱〉／陳謙

　　馬路是條壯闊的江河，鎮日，車輛魚貫游著。在我們居住的這個城市，我發覺我也有著造物者的神奇，因為我能隨著室溫的高低，調整水族箱的溫度，保持他們繫以生存的恆溫。

　　在他們的世界裡，似乎，沒有什麼是值得憂慮的。如果你問我：你又不是魚，怎知道他們沒有煩憂。我想，我是沒有必要引用莊子的老套與你辯證的。我們都明白，都明白雖不能至，心嚮往之的道理。如果同你喋喋不休，豈不是失去了興會的情趣。

　　只是，在我們的世界，隨時都有冷不勝防的暗樁刺入我們的心臟。而我們總是在悲喜的鋼索上，小心翼翼地前進著。就好比小丑，我們的努力，常被人當做笑話看待。

　　所以，我們只是在一具更大的水族箱裡放逐，且不

是盡情地搖尾擺鰭。而生活，就睜大眼睛，隔著透明的玻璃，冷冷地注視我們。

解讀

　　陳謙的散文詩〈水族箱〉名為「水族箱」，內容也由無數個水族箱構成，詩作一開始寫道：「馬路是條壯闊的江河，鎮日，車輛魚貫游著。」詩人將馬路形容為江河，將穿梭其間的車輛比擬為游動的魚，一條馬路就像一個大型水族箱，再換個角度想，馬路旁每棟屋舍從窗戶向外看，都能見到車子來來往往，城市裡每一扇窗戶都像是一座水族箱。

　　緊接著，詩作焦點由馬路移至室內，詩中我擁有一個水族箱，「我能隨著室溫的高低，調整水族箱的溫度，保持他們繫以生存的恆溫」，我可以調控水族箱的一切設定，彷彿造物者般，掌控著魚的生與死。第二段轉入詩中我的內在辯證，開頭提出「在他們的世界裡，似乎，沒有什麼是值得憂慮的」，同時結合莊子「濠梁之辯」之典故，肯定水族箱裡的魚無憂無慮。

　　第三段筆鋒一轉，感嘆現實世界如同走鋼索，要提防暗器與嘲諷，末段進一步點出：「我們只是在一具更大的水族箱裡放逐」，看似水族箱主人的人們，其實也生活在

水族箱之中，水族箱外依舊是水族箱，每一個水族箱都代表著無形的框架與種種限制。

　　〈水族箱〉這首詩其實是政治詩，詩末，「而生活，就睜大眼睛，隔著透明的玻璃，冷冷地注視我們」，在我們觀看生活的同時，整個城市就是一個大水族箱，每個人都被國家機器監控著，詩人透過飼主與魚的關係，揭示觀看與被觀看的並存，對威權時代的體制提出批判。

「脫線」如何垂釣自我
──讀漫漁散文詩〈脫線〉

邱逸華

散文詩原作

〈脫線〉漫漁

她抹開浴室鏡面的霧氣，端詳鏡中人的模樣。瞥見身體有幾處長出了毛邊，許是來自那些日進日出的接踵摩肩。正想把自己的輪廓修剪整齊，她一摸，摸到耳朵洞裡的線頭。

拉，拉，再拉……，思緒慢慢垂入，直至海深處。許久，卻釣不到半條魚。混濁的水面維持著一種異常的平靜，霧氣仍未散去，她扯了扯線，隱約看到在海底鑽動的，萬種念頭。

此時再望，鏡子裡什麼都沒有了。線，一團團在地板上糾結扭動，掙扎著想回到深海，在那裡可以安全而清醒地，做一尾隱形的魚。

她在鏡子的另一邊，看著那個一去不回的線頭。

解讀

　　「照鏡」是一個迷人的動作，因為鏡子映照出的
「實」與「虛」，能形成意象的歧義與動人的象徵。漫漁
的〈脫線〉一詩，便從一個女子「抹開浴室鏡面的霧氣，
端詳鏡中人的模樣」起筆。

　　拉岡（Jacques Lacan, 1901-1981）的「鏡像理論」，
用「鏡」的概念解釋「自我形成」，同時帶入自我對外
在世界的認識及內在建構。這詩中的「她」便以「抹開鏡
面霧氣」作為「理容」（自我整理）的起手式。洗完澡，
對鏡試圖擦亮自我時，她卻發現「身體有幾處長出了毛
邊」，這些毛邊是庸俗日常摩擦靈魂而成，透過對鏡細
察，個人認知產生了焦慮及感傷，於是便有了以下想修整
自我，「摸到耳朵洞裡的線頭」，以及之後「脫線」的驚
人之舉。

　　第二節以「拉，拉，再拉……」，將場景由「鏡」
跳轉至「海」。「鏡」與「海」之間存在怎樣的連結？
《紅樓夢》以「鏡花水月」比喻人生如幻，「海」是一面
鉅型鏡，但比「鏡」更深厚、更具波濤，容納更多自我意
識中的雜念與糾纏。而這條從耳朵拉出垂入意識深處（深
海）的「線」，卻許久釣不到魚。「魚」在這裡成為另一
個重要意象，可以說是詩人內在價值的對應物。在面臨生

命的騷動及衝突時，人都期待把握本心，這一條釣魚線正是一線希望的象徵。只是「霧氣仍未散去」（靈魂依舊蒙昧），海底（意識底層）仍有萬種念頭鑽動（生活的雜質）。

第三節場景拉回「對鏡」，然而鏡子裡連「我」都消失了，脫落的線在地上掙扎扭動──追求心靈平靜、自我澄清的努力終究失敗；成為一條安全隱形的魚，只是一場徒勞的幻想。

末節以一行收束，對於一去不回的「脫線」，她只能「看著」，彷彿凝視的是別人的人生。生命與自我本就是虛實交映、易放難追的，本心的無力掌握，正是生命的常態。漫漁這首詩點出了人的脆弱與存在的虛幻，但偶爾「脫線」，跳脫現實常軌探觸本心，或許在時機成熟時，那一條悠然的魚，會被我們無心垂入的線釣出。

──2020散文詩解讀競寫優勝

脫了線的意象滿場飛
──賞析漫漁的散文詩〈脫線〉

蔡履惠

解讀

　　〈脫線〉的作者漫漁，除了寫詩也寫詩評。她在一篇詩評中如此寫道：「覺得一首好的散文詩應該具有以下元素：有散文的敘事性，戲劇化的場景鋪陳，詩的意象和矛盾抽象的語言，魔幻的虛實交錯，寓言的色彩，以及一個張力夠的結尾。」以此諸元素檢閱〈脫線〉，赫然幾近吻合（除了張力不在結尾）！它以散文的敘事性為底，以第三人稱「她」為主述者，將全詩分為4節，結構上也符合起承轉合的章法。其他的重要元素則穿插、鋪排在其中，好似一幅點綴了星星的夜空圖，詩的意象就在其中放光芒。

　　乍看〈脫線〉，人物身體出毛邊，耳朵裡有抽不完的線，覺得有點荒誕。然而回過神來再看卻不荒誕了，因為這是詩。「毛邊」、「線頭」是詩中意象，都是隱喻。毛邊因何而來？「她」猜測「許是來自那些日進日出的接踵摩肩」。合理推測「她」應是上班族，因而「接踵摩肩」便有兩層意思。第一個，上班時間大家都差不多，成

群上班族湧出時，難免有擦碰身體的情形，毛邊便是出於摩擦；第二層意思，來自同事之間的相處，有時相悖，齟齬，鬧不和，這些尋常可見。毛邊其實很日常，所以對這件事「她」表現得很淡然，只是動念「把自己的輪廓修剪整齊」，感覺就像剪指甲、剪頭髮一樣。然而就在這時，「她」發現耳朵洞裡的異樣，有個線頭。

　　第二節便承接這個線頭發展。這個線頭有懸疑性，居然可以拉，拉，再拉……，「思緒」在這裡被賦予重量（來自萬種念頭），可以慢慢垂入，直至海深處。接著，作者卻來上一句「許久，卻釣不到半條魚。」彷彿思緒可以取代釣竿，這樣的意象有虛有實。思緒為虛，能取代魚竿釣魚，是實而虛之，這是寫作上的變形手法，使意象不沉悶。這也像相聲裡的抖包袱，讀者正詫異：那線頭是來釣魚的啊？這時作者筆鋒一轉，轉入詭譎的氛圍「混濁的水面維持著一種異常的平靜，霧氣仍未散去」。此節匯聚了極強的文字張力，卻是張弛有度，如拉扯橡皮筋，使它呈現緊——鬆——緊的狀態，不至於因一再緊繃，超過彈性極限而斷裂。

　　本節第一個張力在思緒入海垂釣時撐開，值得注意的是場景並沒有移位至海邊，而是「她」的思緒在「慢慢垂入」時讓讀者在不知不覺中以為被引至「海深處」（簡直像被催眠，有點不可思議。）以為來釣魚卻釣不到魚，是

張力的放鬆。接著又繃緊了，那是發現造成水面異常，是有「萬種念頭」在海底鑽動。念頭為虛想，卻能如活物鑽動，虛實的結合在這節運用得別具韻味，張力因而特別飽滿，引人入勝。

第三節，場景毫無疑義，然而「鏡子裡什麼都沒有了」。沒有了身體長出毛邊的鏡中人和她耳朵洞裡的線頭，只有「線，一團團在地板上糾結扭動」，原來，第二節入海去的只是「她」的思緒和萬種念頭。那一團線在完成了任務——拋下先前的萬念，又被她帶回，因為「她」還需要它來吸附日常生活中的萬種念頭嗎？（這個問題，下節揭曉。）但，一團團在地板上糾結扭動的線，卻「掙扎著想回到深海，在那裡可以安全而清醒地，做一尾隱形的魚。」讓人愈發覺得現實生活有多令人不安，連一團線都想逃避。

本詩首三節的最後詞語，分別是最重要的三個意象：線頭、萬念、隱形魚，正好方便情節的走向對照，不知是巧合，還是作者的有意安排。末節最後又見線頭。可說意象用得妙，亦可作為串聯全篇、承載起承轉合的關鍵要素。再說回本節提到「鏡子裡什麼都沒有了」，作者何以知道？她肯定看得到鏡子，才會知道這情形。

末節交代了尚存的疑點，彷彿偵探小說一路抽絲剝繭，到最後真相大白。首先透露了作者的所在位置，「她

在鏡子的另一邊」，那一定是鏡子照不到「她」，「她」
卻能看到鏡子的地方。做什麼呢？「看著那個一去不回的
線頭」。至此，本詩戛然而止，留白給讀者，讓讀者有介
入的空間。行文至此，不得不讚歎作者除了寫詩有靈魂，
還有高明的技巧，也懂得和讀者互動，她的詩不是單行
道。我個人對末節的解讀是：線頭離開了，沒有它有力的
帶動，那團癱軟在地的線是無法自行回到耳朵裡的。這意
味著詩中的主述者「她」對生活有了新的領悟，萬念不會
再往心裡去。那線頭似乎有靈性，任務達成便一去不回
頭，令我想起童話裡夜半幫老鞋匠製鞋的小精靈。當老鞋
匠的生活改善後，小精靈們便不再出現。這裡也有同樣的
寓意，從此「她」的萬念如日升日落，是身外的景象，不
會往體內堆積，這也是作者創作此詩的言外之意吧。

　　英國詩人雪萊說：「詩人的語言主要是隱喻的。」
關於隱喻，聞一多則認為：「喻訓曉，是借另一事物把本
來說不明白的事物說得明白點；隱訓藏，是借另一事物把
本來可以說得明白的說得不明白。」，也就是說隱喻是既
「喻」又「隱」的，不是完全隱晦，讓人摸不著頭腦。總
的來說，〈脫線〉一點都不脫線（閩南話，意思是：做事
迷糊無厘頭），作者照顧到了所有的方面，使得〈脫線〉
成為出色、吸引人的散文詩。

　　　　　　　　　　　　──2021散文詩解讀競寫佳作

解、無解
──讀漫漁〈脫線〉

陳玉明

解讀

　　詩人漫漁寫的「脫線」，是一篇在懂與不懂之間搖擺、撕扯，卻可以天馬行空任意折曲弧度的好詩。

　　整篇文采沒有艱深辭彙，卻有深奧的真理。沒有雕鑿文字，卻有悱惻的情感。詩人顛覆讀者的認知和價值，將詩架構成懸疑小說，其情節複雜離奇、跌宕起伏，讓人咀嚼再三、意猶未盡。題目「脫線」、真的脫離了嗎？脫得掉嗎？短短文章卻讓讀者陷入長長思考，難以掙脫。

　　從開始詩人就一步步引誘讀者追尋真相。「她在浴室鏡面，瞥見身體長出毛邊。」使用「毛邊」這個魔化的詞非常高明，詭異的毛邊呈現陰森恐怖的氛圍，讓讀者陷入巧妙的佈局當中。詩人暗喻渾渾塵世，在挫折逆境中自己的心性，被磨練而成熟，如同原本剛硬的輪廓長出了柔軟的毛邊，從少不更事到內斂沉穩。

　　「她自耳朵洞裡拉出線頭，思緒漫漫垂入，直至海深處。」「隱約看到線在海底鑽動，萬種念頭。」詩人用耳

朵洞描繪腦海，用線比擬念頭，平實無華描寫方式，如星星燭火將暗室照亮如日，很棒的創意。詩人鋪陳故事的順序，先是輕叩心門再扣心扉，然後一回眸突然收網，騙局式的轉折最讓讀者莞爾。

「此時再望、鏡子裡什麼都沒有了。」詩人導入神祕情節「什麼都沒有」，就像突然失去幸福有種強烈震撼。人生有時真讓人感覺一無所有，然而在無和有的推擠中，又蘊涵悲哀與幸福、虛渺和真實的矛盾。人生回望彷彿什麼都沒有了，卻百態盡在其中，讓讀者再度感到詫異。

最後一段「她在鏡子的另一邊。」詩人寫下漂亮結尾，感覺真相大白，原來她在鏡子外邊。詩人也暗喻人生如戲、如鏡、如夢、如泡影。使得讀者思考著自己是在鏡裡？還是鏡外？最後結局「看著那個一去不回的線頭。」詩人巧妙回到主題，讓讀者再度想起那條「線，一團團在地板上糾結扭動，想回深海的線。」真的有那條線嗎？詩人的標題「脫線」，給了最終答案。

喜歡詩人五彩繽紛的想像力，喜歡抽絲剝繭的戲劇張力，喜歡似有若無的人生真相。我不想當念頭的奴隸，只為活出天堂般的寧靜，希望藉由此詩得到「脫線」的美好境界，如同文中「混濁的水面維持著一種異常的平靜」。

——2022散文詩解讀競寫優勝

不是捕風捉影
——讀漫漁詩二首〈淡出〉〈別意〉

蔡履惠

散文詩原作

〈淡出〉／漫漁

　　從公車玻璃窗的倒映，她看到酷似自己的女人，日漸變成灰色。頭髮、眼睛、肩膀、手腳，一點一點，遁入暗灰的套裝。

　　風吹動衣角，露出左胸口淡淡的粉紅結痂，提醒自己沾染色彩的美好與危險。面無表情地，她輕輕遮住疤痕，覆蓋所有冒出的念頭，不痛不癢，是最高境界。

　　下雨了，一場混濁讓她覺得放心，撐開灰色的傘，站在灰色的街頭，她和這座冰涼的城，沒有一點違和感。

　　隱沒在被調暗的人生舞臺，已忘卻了打燈的意義，陽光再度想起這城時，那滴就要乾涸的淚漬，是她唯一存在過的證據。

散文詩原作

〈別意〉／漫漁

　　他站在那條巷子口，一直猶豫要不要走進，影子被他用力踩住，拉扯得很長很長。

　　巷內的某個窗口，被燭光燙出了一枚纖小的剪影，單影在他的眼眶裡成了一對，不小心眨了一下，它們就飛走了，只剩下臉頰細紋間的潺潺聲。他將自己的失態，歸罪於午夜時分過於耀眼的月光。（腳下影子對此藉口翻了一個白眼。）

　　剪影始終沒有離開窗口，一晚比一晚單薄。巷弄的風敲打著磚牆，也敲打著他空洞的眼眶。月亮終於放棄為慘澹的定格打光，催促著離去。

　　他抬起腳，轉身，留下了自己的影子，以後的夜晚，總要有人為她取暖。

解讀

　　〈淡出〉〈別意〉是漫漁在第六屆臺灣詩學散文詩創作獎中，得到首獎的作品。她截取生活中的兩個層面入詩，寫的彷彿就是你我他的故事。

〈淡出〉說的是一個曾經在人生舞臺風光的女子，到了年華老去的落幕時刻，眼看光彩就要落盡，心態上及時做出應變，只是仍不免有些感傷。詩題〈淡出〉是雙關語，一指詩中人物要退出職場，淡出絢爛的人生舞臺；一指她內心對平淡日子的到來，淡然處之。前者，顏色從耀眼、五光十色的的人生舞臺褪到「日漸變成灰色。頭髮、眼睛、肩膀、手腳，一點一點，遁入暗灰的套裝」。灰，是完全沒有彩度的顏色，常常被用作背景顏色，因為不會奪走其他色彩的鋒芒，反而能襯托其他色彩更加突出；也是出家人與世無爭的顏色。至於心態上的淡出，很不容易，從風光到淡出，不是朝夕之間的事，其間的心境、奮鬥，有過多少挫折、委屈，到後來享有的成就、榮耀等等，不是說放下就能放下的，需要時間調適。調適過程，她脆弱又堅強。脆弱時暗彈珠淚，但，「陽光再度想起這城時」，她就裝成沒事人了，唯一存在過的證據——「那滴淚漬」，就要乾涸。言外之意是，淚漬乾涸後，一切歸零，和過去斷開。可真的能做到嗎？

〈別意〉說的是男女分手後的情懷。情人／夫妻既已分手，他卻不知是有心還是無意，站在她家「那條巷子口」，還「一直猶豫要不要走進」。除了遲疑不決，他的眼裡還出現幻影，把窗內的單影變為多了他的儷影。可惜不經意的一眨眼，幻影破滅。流不出的惱恨淚水成河，在

他的「臉頰細紋間發出潺潺聲」。這誇張修辭，可見其懊惱的程度有多深。

「剪影始終沒有離開窗口，一晚比一晚單薄」，意味著他也始終「定格」在那條巷子，沒有離開。最後留下自己的影子陪伴單影，把孤獨留給自己。真的是全心為對方著想嗎？漫漁的詩，總是有言外之意，有時一層外還有一層意思。〈淡出〉如此，〈別意〉也不例外。看似直面現實，暗裡卻隱藏了矛盾情結。最后做個小結或說補充〈淡出〉〈別意〉這兩首詩的特色如下：

一、意象簡單、內容豐滿

〈淡出〉是獨角戲，整首詩由「她」包下全場，意象只有顏色；〈別意〉的人物雖說對影成三人：他、單影（她）和他的影子，但主線是「他」，意象是影子。簡單的意象藉著人物的心情轉折，在短短兩百多字中建構出豐滿的內涵，當然，這是詩人漫漁的文字功力催生出來的。

二、主人公糾結于矛盾情結

〈淡出〉裡的她，表面上接受也願「遁入暗灰」，卻在有意無意間替自己留了一個彩色，那是位於「左胸口淡淡的粉紅結痂，顯然這個彩色之於她有留下的必要性。可以「提醒自己沾染色彩的美好與危險」，也可以讓她刷刷

存在感吧。她以為自己只要「面無表情」地「遮住疤痕，就能覆蓋所有冒出的念頭」，反正疤痕「不痛不癢」，不會讓她洩露祕密，就是面對現實的「最高境界」了。否則，老是沉浸在回憶裡只會令餘生乏味與難受吧。

　　乍讀〈別意〉，只以為情到深處，即使已經分手，抑或始終只是一廂情願地單戀；他對她的牽掛，始終在，故而留下影子陪她。分明分手了，卻不肯放手，矛盾之外，或許還藏有私心。表面上關心她，其實也有霸氣與自私的成分，怎麼說呢？一來沒有得到她的首肯，擅自留下影子還美其名是「為她取暖」；二來留下他的影子無距離和她在一起，實則也是霸位，別人因此沒有機會填補空位。這些矛盾心態不也是常見的人性剪影嗎？

　　一個退出職場，一個退出情場，這兩人依然難捨過去，難道是不想退場？但被既成的現實所迫又不能不退出，只得表面上裝得雲淡風輕，坦然且大度接受現狀，暗中卻另有安排和想法。其實，這兩首詩的主人公的心態、思維十分「大眾化」，人生不就是常有一個又一個的矛盾在心裡對決？直指人心，是漫漁這兩首詩讓人產生共鳴的地方。

　　　　　　　　　　　　　　——2021散文詩解讀競寫優勝

擬物化的空虛

擬物化的空虛
——讀王宗仁散文詩〈她的心是個巨大的修車廠〉

葉寶木

散文詩原作

〈她的心是個巨大的修車廠〉／王宗仁

　　他們說女人妳知不知道／當我在戀愛／你是完美的女孩／當我結婚妳收容我飄泊的靈魂／當我受傷我投靠妳溫暖的胸膛／把鑰匙交給她／把問題丟給她／她是個巨大的修車廠——張艾嘉〈她的心是個巨大的修車廠〉，作詞：李格弟

　　她的心是個巨大的修車廠，格局、隔間良好，聽不見外面的音浪、風聲，或陽光下低語的瑣碎。她的心有時閉鎖，有時荒涼，但深深信奉典章，所以雖羸弱卻又有良善的美德。

　　她的心是個巨大的修車廠，不譴責不評斷不辯論，有自己的信仰，一旦敞開大門，就溫暖地收容千瘡百孔的車輛——那些破碎的夢想，已無處可逃的傷痕累累。

　　她的心是個巨大的修車廠，因為等待，所以看似深

厚；因為接受，所以看似富沃。但她也總在持續失去。

　　她打開車門繳出鑰匙，打開車門繳出鑰匙，那些重生的靈魂，總是不回頭地離開，甚至沒有足夠巨大的愛，能暫時將她完整填滿；所以她的心，其實只不過是個，也只不過是個，巨大的修車廠。

解讀

　　〈她的心是個巨大的修車廠〉出自王宗仁散文詩集《詩歌》。《詩歌》的九十首散文詩寫作方式十分特別，每首詩實際上都以一首歌的歌詞為對話對象，透過對原始歌詞的理解與「超閱」的模式進行散文詩創作。此時〈她的心是個巨大的修車廠〉便發生了多層次詮釋，張艾嘉針對劉偉仁的曲和李格弟的詞進行演唱詮釋，王宗仁又聽取此張艾嘉歌與閱讀李格弟的詞產生散文詩的創作（依王宗仁的自序，此《詩歌》創作時甚至先觀賞MV，因此體會更深）。多向度的演繹與對原始文本的再創造形成連鎖效應，每個面向所融會的修車廠意象都有著不同的面腔。通常我們為了讓沒有靈性的物件具有動人的姿態而在寫作時予以擬人化，這首〈她的心是個巨大的修車廠〉則跟隨原歌詞的意念，反而將一個人的內心擬物化為「一個巨大的修車廠」。

　　〈她的心是個巨大的修車廠〉重視以節奏來表達情
感，這種運作方式也呼應了詩集名稱《詩歌》。這首歌的
節奏強，加上張艾嘉演繹清晰而有力，因此原歌「她」的
形象在明快節奏中立體而鮮明。至於散文詩〈她的心是個
巨大的修車廠〉前三段都以「她的心是個巨大的修車廠」
為首句，也重視結構與節奏的運用；最後一段的起首句雖
未使用「她的心是個巨大的修車廠」，但段落中重複的使
用「她打開車門繳出鑰匙」、「打開車門繳出鑰匙」及
「其實只不過是個」、「也只不過是個」，都強化了音樂
性與節奏，並往上疊加內心是個修車廠的「空虛」與「更
空虛」。

　　〈她的心是個巨大的修車廠〉表現了「她」在不同狀
態與情境時，內心成為修車廠的狀態也有所不同。有時贏
弱。有時良善。將自己的內心敞開時，那些受過傷的車子
一旦進入了，她就用溫暖去修復所有需要修補的車子，而
當車子修復完成，就頭也不回地離開了。因此看似有無數
車子湧進的修車廠，實際上卻是荒涼而空乏的：「但她也
總在持續失去。」這樣的心，卻又只聽不見車廠外一切：
「聽不見外面的音浪、風聲，或陽光下低語的瑣碎。」因
此，再如何修補與溫暖無數的車子，只會留下巨大空虛，
沒有任何一臺車子能將修車廠暫時性的填滿。因為，只有
「受傷的車子」會進到這個「巨大修車廠」。

　　詩人岩上稱王宗仁藉引流行歌詞創作散文詩的手法
是「自陷於險境的操作」，但從〈她的心是個巨大的修車
廠〉來看，王宗仁不僅在創作險境中游刃有餘，甚至一
定程度上，這首散文詩的情感較原本詞作更豐沛，也更
動人。

　　　　　　　　　　　——2020散文詩解讀競寫佳作

心／形的樣子
——讀王宗仁〈影子〉

陳鴻逸

〈影子〉／王宗仁

　　我站在陽光底下，享受焰芒的熾熱快感。隨著時間流動，我也一再調整腳步，盡量讓太陽直射自己，並努力調整姿勢，以免讓憂傷有竄出的機會。

　　我一步一步的走，一步一步的躲；我一步一步的走，面容卻一步步憔悴起來。原來，世界終究要隨歲月傾斜的，不可能永遠讓自己，發亮。

　　於是我向太陽掉落的方向狂奔起來，邊摀著臉，邊大聲喊著：「我不想看見自己的陰暗面啊……」[1]

---

[1]　王宗仁，〈影子〉，《象與像的臨界》（臺北市：爾雅，2008），頁189。

解讀

　　究竟影子是什麼樣子？代表什麼？普通題目該如何再生新意？

　　蘇紹連認為王宗仁[2]在《象與像的臨界》慣用「形象」轉渡於「象形」的「摹擬」手法，延伸出多重想像與情感。[3]以此看〈影子〉先有「我站在陽光底下，享受焰芒的熾熱快感」，勾出「由來」為太陽產品，然而回到身體「象形」組裝成為心裡「陰暗面」，代表著無以言喻的「憂傷」感受。簡言之，不外是「構形」（象）與「構念」（像）的關係：

　　　構形（象）—不可能永遠讓自己，發亮—影子
　　　構念（像）—我不想看見自己的陰暗面—憂傷
　　　　　　　　（憔悴）

　　影子不僅僅是光明投射下的「他物」，也是內在不可見（光）的「自物」。當面容開始「憔悴」，亦是內心

---

[2]　彰化縣人，生於1970年，曾獲全國優秀青年詩人獎、自由時報林榮三文學獎、「吳濁流文學獎」新詩正獎、香港青年文學獎、宗教文學獎、全國學生文學獎等。著有詩集《失戀生態》、《象與像的臨界》、《詩歌》；論文《白色煉獄—曹開新詩研究》。

[3]　蘇紹連，〈新一代散文詩的號手〉，《象與像的臨界》，頁8。

投射出的「形象」。太陽讓世界的陰暗無以躲避,但內心陰暗要憑靠什麼掃除,影子終成黑暗籠罩,在外在身體的也存於內在心理。「影子──(陰暗面)──憂傷」的符碼指涉是詩人慣常技法,採取抒情與敘事兼備的方式,緊扣「象」至「像」的順暢過渡。誠如詩人述及:「象與像之間的關係非在相異/卻其實正好有著相輔以成天下/相成以顯真典的魄勢」[4],象與像的關係終為相輔相成。

散文詩創作在於「詞語」揀選與「意象」營造難以衡平,有時端賴於結構調整,鮮明如蘇紹連「驚心系列」詩作,透過二段式結構得到敘事效果。王宗仁不從隨「驚心系列」結構,獨以「構形」與「構念」設置核心,層層推深、層層進展,具體轉為抽象。於是乎,詩人以象與像的「臨界」表述其依存、矛盾、關聯、指涉,更直接「吹響了自己的聲音」。[5]

---

[4]   王宗仁,〈後記〉,《象與像的臨界》,頁210。

[5]   蘇紹連,〈新一代散文詩的號手〉,《象與像的臨界》,頁3。

無法倒帶的遺憾
——讀王宗仁散文詩〈一卷黑白影片突然開始倒著播放〉

林廣

散文詩原作

〈一卷黑白影片突然開始倒著播放〉／王宗仁

一卷黑白的影片突然開始／倒著播放／他們倒著走／從房間回到路上／回到他們還沒有／遇見的陌生的地方——徐堰鈴〈一卷黑白影片突然開始倒著播放〉，作詞：李格弟（「幾米地下鐵」音樂劇）

慌忙的在黑白夢境裡，想拉住妳，但這時影片卻開始倒著播放；失去的一切重新，從一個人走的躊躇，回到曾十指緊扣，並肩漫步的時候。它倒著放，旋律也倒著叫喊，時序又回到那一場宴席，人群還未散去，我們正恣意擁舞旋律。

它倒著放，那時婚紗尚未卸去，妳膚肌的潤細，還柔嫩地磨蹭著我鼻息。它倒著放，讓戒指又從牆角，用力套入妳的指節。它倒著快放，以致於那些爭執都以滑稽的模

樣堆砌起來；先有答辯，才發生嫌厭；先是抑貶，然後繾
綣；先是分了，然後愛了。

　　一卷黑白影片突然開始倒著播放，迴到最盡頭，回到
還不認識妳的時候。我找不到妳了。

　解讀

　　這首散文詩用李格弟的詞做前引，就形式來看，是
「歌＋詩」，但歌只是引子，詩才是主體。詩題沿用歌
名，取材與內容有相近之處，意象表達則大異其趣。

　　歌與詩皆以「一卷黑白影片突然開始倒著播放」為
開展主線。歌以大角度空間的「倒退」，從「房間」回到
「路上」，回到「還沒有／遇見的陌生的地方」；詩則是
在空間的倒退中，加入了關鍵細節，讓畫面具體呈現。歌
簡而詩繁，讓二者產生了互補的作用。

　　仔細比對，詩的倒退空間，與歌並不相同；而且詩
對「影片倒著播放」，著墨更深。如果從「興」的角度來
看，歌就是詩的觸發點，而觸發的重心就在「影片倒著播
放」。

　　詩分三段。首段加入歌所沒有的情節：「慌忙的在黑
白夢境裡，想拉住妳」，這時他發現「影片卻開始倒著播
放」，於是失去的一切又重新開始。從這裡，我們可以看

出詩人的「黑白夢境」，隱藏著婚姻破滅的驚慌與遺憾，所以才會藉著「倒著播放」，來做一種心靈的補償。

　　三段中，一共出現六次「倒著放」；作者透過重複，來掌控行文的脈絡，並創造律動的效果。首段兩次，先從分手後，「一個人走」的孤單，到婚後「十指緊扣」的親密；再拉到婚宴現場，他們正「恣意擁舞旋律」。這是從分手逆溯到結婚。

　　下一段出現三次，作者先擷取「婚紗尚未卸去」時，一個親暱的鏡頭：「妳膚肌的潤細，還柔嫩地磨蹭著我鼻息」，來傳達感情交融。然後再寫訂婚，「讓戒指又從牆角，用力套入妳的指節」（從「又」字可看出求婚不只一次）。緊接著倒著快放，寫戀愛過程，「那些爭執都以滑稽的模樣堆砌起來」。兩人就在「答辯→嫌厭」、「抑貶→繾綣」、「分→愛」的矛盾情結中，建立了深刻的感情。

　　末段出現一次，理應接到初相識時，也就是歌詞中「還沒有／遇見的陌生的地方」。然而將影片「迴到最盡頭，回到還不認識妳的時候」，作者所寫的卻不是相遇的驚喜，而是「我找不到妳了」。這樣戲劇性的轉折，令人錯愕。「找不到妳」，正意謂著失去的一切，再也無法「重新」開始，這跟首段所說，影片倒著播放，「失去的一切重新」，恰好形成強烈的對比。從對比中，也透露出

一種無言的哀傷：時空再怎麼倒退，我都找不到你了。

　　作者藉由歌詞「黑白影片突然開始倒著播放」，觸發「黑白夢境」裡不斷倒退的情節，讓我們在倒轉的時空，見證一卷愛情的分合與悲喜，讀到作者內心深藏的無從彌補的遺憾，甚至也窺見了現代婚姻的縮影。

　　　　　　　　　　　　──2022散文詩解讀競寫優勝

關於「我」的命題
──讀無花〈催眠術〉

明傑

散文詩原作

〈催眠術〉／無花

　　第一世我是隻蠹魚，足跡火印在詩卷木牘。偶爾咀嚼詩人的序；後記中吐出字句的螢光。尾鬚浮游在行與行間的水道，聆聽詩人朗誦水的深度。此生我揹負一卷無法攤開在陽光下，橫式直書的宿命。

　　第二世我是紅帶袖蝶，飛入莊子探索生死的股掌。花叢中我以薄翼拿捏生命的回聲，鮮紅色圖案警示掠食者，時光暗藏致命的毒性。而所有朝我撲來的複眼，無法從我身上的幾何圖形找到出路。他們只在乎我雙翼鼓動的風的真偽。忘了聞一聞，我留在他們手中的花香。

　　「叩！」你敲響我的頭，試圖讓我從今世木魚的回音中，冉冉甦醒。

解讀

　　這是詩人無花的一首散文詩，我們可以看到夢的影子隱隱約約地貫穿整首詩。從第一世「我是隻蠹魚」，蛻變為第二世「紅帶袖蝶」，以及最後「冉冉甦醒」，詩人成功地用其獨特意象在詩中營造出似夢似幻的意境。

　　詩人用了精彩的意象來襯托這首詩的重量。「蠹魚」，即書蟲，常年遊走於書籍扉頁中，細細地閱遍詩人作品文字，卻過著默默無聞的生活，似乎隱喻了詩人一生不得志，沒有各種獎項榮耀加冕，不受大眾關注，「此生我揹負一卷無法攤開在陽光下，橫式直書的宿命。」表現出一種對現實的無奈和挫敗感。然而「蠹魚」在詩作字裡行間自由地遊蕩，靜靜地觸及詩人最真摯的內心，不受外界紛擾影響，又何嘗不是件幸事？雖然難免孤寂些，無法攤開在陽光下，但詩人為自己而創作的執著，每一篇序每一行字句都是詩人實實在在的心血。

　　然後，詩人巧妙地應用「蠹魚」乃是書蟲這一事實，讓蟲蛻變為蝴蝶，把意象轉化進行得如此精準自然。

　　第二段詩人引用了周莊夢蝶的典故，在現實與虛幻間飛舞，彷彿探討詩人生命的命題，「以薄翼拿捏生命的回聲」。詩人之所以成為詩人，究竟在於他寫出多少聞名詩篇，還是詩人的人格風骨本身更重要呢？如果只把眼光投註在表象，詩人警示這是無法找到出路的。在面對各種質

疑批評，甚至是「朝我撲來」的攻擊時，詩人表現出自信無畏的風骨，「無法從我身上的幾何圖形找到出路」，暗諷批評者無的放矢，扭曲詩人的本意，以莫名其妙的方式為詩人按上各種罪名。自古以來我們可以看到許多大詩人含冤獲罪，這讓我想起烏臺詩案中被誣陷以至貶謫黃州的蘇東坡。再看回現在，大眾讀者似乎對於詩人或作者的爭議和熱鬧的八卦新聞更感興趣，又有多少人願意靜下心來認真讀詩人的作品呢？

　　從「聆聽詩人朗誦水的深度」對比讀者觀眾更有興趣「我身上的幾何圖形」，「鮮紅色圖案」，詩人不禁感慨，在這普遍以功利為主的社會，似乎大家都「忘了聞一聞，我留在他們手中的花香」而「只在乎我雙翼鼓動的風的真偽」。這裡詩人用了對比手法，以「鼓動的風」騷動對比「花香」的寧靜，使詩更有層次感。

　　這首散文詩圍繞了詩人與詩人的對話主題，也是詩人自我的詰問。彷彿思索寫詩究竟是要顧及讀者群眾，更在乎成名還是寫詩是很個人的事情，純粹闡述個人情感表達？也許這沒有特別明確的界限，就如莊子的提問：哪個是現實？哪個是夢幻？

　　結尾有類似黃粱一夢的韻味，給讀者留下無限啟發與想像。經過兩世截然不同的經歷，這一世的「我」到底能不能真正地從夢中「甦醒」並找到自我呢？

——2020散文詩解讀競寫佳作

如果命運是你人生的主人
──讀無花散文詩〈盆栽與乾燥花〉

卡路

散文詩原作

〈盆栽與乾燥花〉／無花

　　我坐在客廳，等太陽從窗外的湖面上叫醒枝棲在灌叢的蒼鷺。

　　用第一道曙光修剪身上枯葉，折斷蠻長的雜枝，剔除一些剛萌芽的刺，確保土地不會從主幹拓印下多餘的陰影。我檢查臉上皸裂的表情，劇痛從指尖無法觸及的深處泛出一圈年輪。為了呼吸我把自己從泥面拔起，露出肥大的根部。

　　他轉身出門，如常以背影把我的安靜反鎖在屋內。走進他的臥房，掀起窗簾，陽光灑在微溫的床上。一隻一隻聒噪的蒼鷺從被單中竄出，棲息在牆壁上他領養的乾燥花的枝節之間。

　　我看見無法脫水的我了！株守在這棵不願長出綠葉的樹下，枯等那些鳥聲，落下我喜歡的花骨朵。

解讀

　　如果命運是你人生的主人，那麼是不是只要你很努力的討好他，他就會給予你所追求的？俗語說：「窮人看命，富人看風水」，如果無法得到外在的助力，沒有地，沒有房子，那要談什麼風水？窮困是不是命中注定？曾經聽一位佛門師傅說過關於因果輪迴，那次他去到印度一個貧窮的村落，看到那裡的村民簡陋不堪的環境，餓著肚子，疾病威迫。到底他們前世，或前前世做了什麼，今世會投胎在這樣的地方？今世他們這麼窮，想要做點好事彌補前世造的業也不容易。於是他坐在他們之間，讓他們給他倒碗水喝，至少他們可以從那一點點開始纍積資糧，希望來世能投胎在好的人家。可是他們之中有多少人相信命運可以改變呢？

　　從這首詩中，我看到了四個角色：盆栽，乾燥花，蒼鷺和主人。先從詩題開始，「盆栽與乾燥花」似乎是一個強烈的對比。盆栽是個活體，會成長，會死亡，會開花，會凋謝；乾燥花是新鮮花朵脫水而得，已經沒有生命，卻能一直維持在其最美的狀態，共人贊賞。

　　作者把盆栽擬人化，讓他可以感受，思考，並且對之不滿，或許這就是人的本性吧。第二段「用第一道曙光修剪身上枯葉，折斷蠻長的雜枝，剔除一些剛萌芽的刺，確

保土地不會從主幹拓印下多餘的陰影。」在一個固定的範圍，要怎麼去突破因為循規蹈矩而腐敗不堪的生活？似乎沒有突破的辦法，只能每天重複告訴自己，去掉像枯葉那樣沒能活回來的希望，斷掉像雜枝那樣的欲念，去除剛生出像刺那種尖銳的反駁。這樣至少可以確保不會給自己的社會造成問題。「我檢查臉上皸裂的表情，劇痛從指尖無法觸及的深處泛出一圈年輪。為了呼吸我把自己從泥面拔起，露出肥大的根部。」長期的隱忍下，臉上會出現怎樣的表情？再掩飾也很難藏起那份歲月纍積而成的疲憊與憔悴吧。但為了生存，還是要挺住，讓人看到你仍然有在努力，仍然有價值。這樣的妥協程度算不算是認命？

　　乾燥花的特徵卻像是人們所追求的名和利。名和利雖然聽起來是個虛而不實的東西，但人們卻往往覺得它是到達圓滿和美好不可缺的要素。整首詩，除了詩題，乾燥花只出現在「牆壁上他領養的乾燥花」這一句裡，但它卻扮演著一個重要的角色。被主人領養代表著它是幸運的被關注，或者能擁有它是幸運的，因為擁有者會被關注。乾燥花被掛在牆壁上，不就是要讓人欣賞它的美麗或想要炫耀它的美好嗎？也只有世人想擁有的東西才值得炫耀。為了讓它永恆不變，世人甚至花心思將之脫水，如同許多人不擇手段的爭取名利一樣。不過從另一個角度來看，被掛在牆壁上也說明它只是一個擺設品，一個沒有生命的東西。

乾燥花自身不會因為受到仰慕而開心，可是沒有被關注的盆栽卻非常羨慕。

　　蒼鷺在這首詩裡出現了三次，第一段「我坐在客廳，等太陽從窗外的湖面上叫醒枝在灌叢的蒼鷺。」盆栽被主人放置在客廳，在沒有選擇下，對蒼鷺的翱翔是羨慕，還是覺得它們在嘲笑自己的無法自由移動？近期在一則美軍撤出阿富汗時的報道中，有一張照片顯示一班阿富汗人在飛往美國的飛機離開后，他們仍然站在登機的梯子上，不願離去。看到這張照片后我在想，是命運讓他們生在這個國家？看著離去的飛機會不會像盆栽看到蒼鷺那樣，又羨慕又憤怒？第二段「一隻一隻聒噪的蒼鷺從被單中竄出，棲息在牆壁上他領養的乾燥花的枝節之間。」這裡的蒼鷺是陽光投射在牆壁上的影子。影子剛好與乾燥花重疊，像似停留在乾燥花的枝節之間。如果乾燥花代表著世間的名和利，聒噪的蒼鷺不就像現實的世人，總愛投身在名和利之間，或奉承，或贊頌擁有名和利的人？還有最後一段的「鳥聲」更是把蒼鷺比喻成世人的勢利。

　　最後來到「主人」這個角色，他像人的命運，把其他角色與發生在盆栽身上的事串聯在一起。主人把盆栽放置在「客廳」，如同命運決定人出生在什麼地方或家庭背景。「他轉身出門，如常以背影把我的安靜反鎖在屋內。走進他的臥房，掀起窗簾，陽光灑在微溫的床上。」有些

時候好運氣與你背道而行，就算你做再多的事來討好這個
「主人」也沒能挽回失敗的局面，而為什麼好事總是發生
在別人身上，自己卻無奈的只能乾瞪眼？所有發生的事情
會是冥冥中注定的嗎？如果「主人」多關注盆栽，陽光會
灑在盆栽上讓它長得更好嗎？命運是否掌握人的一生？

　　詩以最後一段做結尾，「我看見無法脫水的我了！
株守在這棵不願長出綠葉的樹下，枯等那些鳥聲，落下我
喜歡的花骨朵。」如果相信因果輪迴，面對今世無力的掙
扎，認命是不是一種選擇？這裡盆栽似乎選擇讓日子過
去，等待下一世的花骨朵開出美麗的花。

　　　　　　　　　　　　——2021散文詩解讀競寫佳作

切換靜音的眼
──讀丁威仁散文詩〈關窗的恩賜〉

江彧

散文詩原作

〈關窗的恩賜〉／丁威仁

　　撿起破碎的光影，在妳的影子背後拼圖，昨日的夜色變成了點滴。

　　信仰在培養皿裡逐漸萎縮，暗光的水岸邊，每首歌都唱得瘖啞，像一朵孤獨的藕花，而青春是陽光曬傷的短片，你們才是主角。

　　空屋像是一座無人的穀倉，每個米粒只會獨白，像我，只會抒寫悲鳴的意象，而記憶回到過去，啊，那是妳的迴音，以及逐漸遠行的綠意

　　擁抱、憤怒、激情、冷漠、開窗、關窗……這就是詩人吟遊與流浪的迴圈。

　　原來，一則簡訊或是一段對話，可以把日子洗得更加破碎，我從背包取出妳的微笑，卻失去新鮮的色澤，每一滴淚都卑微地從眼角形成水道，形成湍流。然後在另一面

　　寬闊的湖裡平靜。

　　但我只能是急流、險灘，並非偉大的航道。所以我選擇在穀倉的圓周繞行、自轉，而窗外的藕花，被煙囪吐出的霧色，裹成宿醉的模樣。

　　最終，開窗的責任只是過季的敘事，關窗是上帝賦予的恩賜，而相互取暖的羊兒才能一起禦寒，一起抗拒屬於惡者的插敘，或者補敘⋯⋯

解讀

　　詩題〈關窗的恩賜〉是作者避免陳舊庸俗的創新，反轉一般的正面思維。常見多數人會寫「開窗的恩賜」，若是如此平淡無奇的新詩擬題及方向進入，對讀者第一印象的吸引力與想像力只會減到最低，變得索然無味。

　　節一首句，「撿起破碎的光影」，意謂結痂時間的再回顧，「影子背後拼圖」、「夜色變成了點滴」暗示記憶踅來踅去，反覆低迴。

　　第二節，「信仰→逐漸萎縮、每首歌→唱得瘖啞、青春→曬傷的短片」一層一層的鋪墊，來加深相互對照，對於過去流光的窘境。

　　第三節，穀倉是儲存晒好稻穀的倉庫。稻穀先礱穀，經谷糠分離，最終將糙米碾成白米。所以「每個米粒只會

獨白」是句義雙關，生為穀倉裡的稻穀，終究只能成為白色米粒，自嘲「像我，只會抒寫悲鳴的意象」，無法灑脫不羈如穀倉外稻禾的幼苗，可以逢春，嫩綠的秧苗插滿水田，綠意縱橫。此節具體地呈現空屋裡的我，和遠行的妳，形成強烈的對比，深刻的描繪出來。

　　第四節是延伸上一節的心覺摹寫，「擁抱、憤怒、激情、冷漠、開窗、關窗……」，彷彿莫比烏斯帶，永無止境的迴圈。

　　第五節，「一則簡訊或是一段對話，可以把日子洗得更加破碎」，動詞「洗」使用的非常有巧思。記憶（簡訊或對話）宛若是一臺洗衣機，在水位太低、水太少（意謂──孤寂）的情況下，很容易就把衣物（日子）洗破；「更加」表示程度上又深了一層，暗示沉溺過去的思緒，無法自拔。「從背包取出妳的微笑」、「每一滴淚都卑微地從眼角形成水道，形成湍流」都是超現實和誇飾的筆法。由一滴卑微的淚聯想成水道的湍流，是視覺的悲傷轉向賦予形象之悲傷。此節，行行溢滿詩語言的亮句，正是克林斯·布魯克斯（Cleanth Brooks）說的：「詩歌的語言，不是自發的、純樸的，而是包含著精心設置的機巧」。

　　第六節，以「只能是急流、險灘」和「非偉大的航道」的反差，暗示囚困的心境。「窗外的藕花，被煙囪吐

出的霧色，裹成宿醉的模樣」採用「借景抒情」的手法，
文字與意象的並置，造出豐碩的隱喻，提升詩質的層次；
「藕」也象徵藕斷絲連，喻男女之間情意未絕的意味。

　　末節，房間代表內心，風是外界的影響力；在生命面
臨颱風下雨、寒流來襲時，影響到心靈的安寧，關窗便是
慈悲和智慧的選擇。

　　誠如面對當下嗜血的媒體，聳動標題的灑狗血、八卦
報導與議題風向球的操作，使用遙控器（窗），來控制要
開，或關，保有生活的平靜，不掀起心中苦樂的波瀾。讓
日子專心揮灑自己的色彩，才能夠用快樂去迎接靈魂每天
的新陽光，和對自己的一份疼惜。

　　　　　　　　　　　　　　──2022散文詩解讀競寫佳作

死透以後再重生
——試讀邱逸華散文詩〈死透以後〉

溫存凱

散文詩原作

〈死透以後〉／邱逸華

　　有比目睹自己的肉體被蛆蟲啃食更駭人的事嗎？那些夜裡，她重複導演這樣的夢——肌肉纖維因著隱微的訕笑而斷裂，青春流出屍水……

　　懂事以來，她就被尊貴地豢養——喝下月色，讓身體變得柔軟；在眼底蓄一條銀河，閃著剎剎星光。然而沒有一種豢養能對抗自由，比起夜幕，她更嚮往陽光。日漸浮腫的懊喪終於撐破淺薄的皮膚——她看見還在跳動的心臟。

　　蛆蟲在破口間蠕動，汲吮甜膩的腐肉。她不由得想起前半生曾是他們心底帶著汙點的祕密。這些祕密能藉著傷口被攫食乾淨嗎？咬嚙自己的骨血為何驚悚得令人心安？天就要亮了，破曉的巨響會驅走破蛹的飛蠅。她要曬乾夢漬，袒著瘡孔，向明天的太陽投誠。

　　——選自第六屆臺灣詩學詩創作獎之散文詩獲獎作品

解讀

　　以夢為背景，用詩的意象來敘述，採用散文的手法，寫出生命的歷程，在虛實交錯間，一步一步引導讀者面對生死問題，也面對自己內心的缺失。

　　第一段中描述：「那些夜裡，她重複導演這樣的夢」，心理學家弗洛伊德認為，夢是現實的鏡子，夢中的歡喜、幸福、焦慮、恐懼都是潛意識的投射。尤其是目睹自己的肉體被蛆蟲啃食，肌肉纖維斷裂到流出屍水，都是死亡後慢慢地衰敗現象，但是這現象圍繞的前題是處在夢中，也就是夢才是最關鍵點，而夢是一種潛意識，表達出對死亡的恐懼。

　　第二段中描述：「懂事以來，她就被尊貴地豢養……沒有一種豢養能對抗自由」，這一段的尊貴在敘述著月色、銀河及星光都是黑夜中的場景，文中更提到：「比起夜幕，她更嚮往陽光」，也說明了光明的人生觀是被黑暗中綑綁住的，而這種無力的感覺形成越來越大的懊喪，直到這一段的最後看到了跳動的心臟，表示在眼眸中看到了生命仍然有著心跳聲。

　　第三段中描述：「他們心底帶著汙點的祕密……咬囓自己的骨血為何驚悚得令人心安？」，本段接續上一段提到的心臟，在心臟中藏著汙點，這是世人在社會中慢慢被

名利和環境所汙染，這座大染缸是現實社會下的陰影，大家在不知不覺中已經變成不再擁有一顆赤子之心，所以才會咬囓自己變得心安。

結尾提到：「袒著瘡孔，向明天的太陽投誠」，也就是告別陰暗面，即使是滿身的傷痕，也不希望是屬於黑暗中生活的人，

死透以後是生命的終點嗎？本文是讓讀者知道死透以後成為生命的另一個起點，死透僅僅是一個逗號。

　　　　　　　　　　——2022散文詩解讀競寫佳作

同音異義的人生
──讀李長青散文詩〈字典〉

黃士洲

散文詩原作

〈字典〉／李長青

　　「請不要隨意翻動我。曾經吞嚥了太多部首，金木水火，巍峨沉重，我已經無法分辨，世界的高矮胖瘦。」

　　「請不要特地告訴我，曾經遺忘的昨日種種。那麼擁擠，那麼朦朧，我已經無法分辨，生活的善惡美醜。」

　　字典為了收納太多歧義而煩惱。

　　我為了隱藏太多心事而悲傷。

解讀

　　這首詩拋棄故作高深的生僻字，在白話語言的現代詩中，融入不明說，而間接透露的哲思。表現詩的布局，更強化詩的內在生命，帶給讀者許多思考的觸角。

　　一開始用字典轉化成另一種本質截然不同的擬人法

出場。前兩段都以「請不要」卑微、懇求的口吻為起手
式。第一段的「隨意翻動我」和第二段的「特地告訴我」
暗示用你們自己的立場或想法，來框架、解讀我。如同父
母用父母自己的角度，來看待子女；社會用相異的觀點，
看待不同世代的族群；民族用一方的霸權，來威嚇強迫決
定兩岸；人類用一己的貪婪，來揮霍地球的生態與環保。
「曾經吞嚥了太多部首」，吞嚥是藏在心裡，勉強忍耐；
意味強烈傳達壓力與無奈，卻也無從申訴。接著第一段的
「金木水火，巍峨沉重」和第二段的「那麼擁擠，那麼朦
朧」，是刻意使用簡短有力的四個字與四個字的相對，營
造敘述者的語調與態度，充滿哀傷和無助的張力效果。
「世界的高矮胖瘦」是形象化，化抽象（世界）為具體
（高矮胖瘦）的「將虛擬實」。暗示對於別人堅持自己的
觀點來詰問字典，字典已難言、區分，生命真正的解釋或
價值。

　　第二段與第一段字數相等，句法相似，意義相關的
兩兩相對。「請不要特地告訴我，曾經遺忘的昨日種種」
透露對於記過的人事物，不能再認與回憶，或者是錯誤的
再認與回憶。分為暫時性遺忘，及永久性遺忘；前者指在
適宜條件下，還可能恢復記憶的遺忘；後者指不經過重新
練習，就不能恢復記憶的遺忘。「我已經無法分辨，生活
的善惡美醜」表達因為遺忘初衷，而融入現實物慾的大染

缸（那麼擁擠，那麼朦朧），被雙眼、雙耳或網路的風向
球，所遮掩了本心，讓我已不能再辨別生活中人性的善惡
與事物的美醜。

第三段與第四段用「對偶」的筆法，上下成雙成偶
地對立。這種修辭法，緣自萬物的自然對稱，與心理學
上的聯想作用，以及美學上對比、平衡、勻稱的原理。
末段的「我」是暗示作者本身。字典因為容納太多歧義
（ambiguity），指未定義或定義不清楚，擁有一個以上的
解釋，而煩惱。作者則因為隱蔽躲藏太多心事，不想讓別
人發現，而哀痛憂傷的情緒反應。

字典有很多同音異義的字，如茄くㄧㄝˊ子，茄ㄐ
ㄧㄚ克。正如，同姓名卻不同的人生，或同時辰出生卻相
異的命運。這是一首有象徵、隱喻、對偶等的修辭筆法，
節奏和緩、形象鮮明，特質標準的散文詩。詩的意象不是
在敘述詩題的解釋名詞，而是藉著詩題的聯想與詩語言對
話，看見人生的悲喜，感受到生命潛藏的意涵。

　　　　　　　　　　　　──2020散文詩解讀競寫優勝

每天都要練習撕下自己
——讀李長青〈日曆〉

吳添楷

散文詩原作

〈日曆〉／李長青

「你每天撕下一個我，都讓我汗顏。因為這裡除了規律的數字，也只有簡單的圖案。」

「我每天撕去一個我自己，我自己也汗顏啊。因為徬徨，因為不安，除此之外也就只剩下大量的，陌生的對白。」

它被掛在牆上。靜靜地。

我被懸在生活裡。靜靜地。

解讀

詠物詩不單是描寫物品，更要觸及內心，有共鳴的言外之意，這是〈日曆〉一詩成功的地方。

日曆不就是寫著數字的一項物品嗎，如何打動讀者？首先，作者透過「撕」的動作建立於你的、我的關係，而非著墨

於日曆的形象，畢竟那太普遍、平常了。不僅是撕過去的日子，而是撕下「我」，也就是一種汰換的轉變，這形成了汗顏的情緒張力，畢竟將日子做今、昔的遞嬗，是需要勇氣。

　　其次，又建立起「撕」這樣的畫面，但角色不同了，是我和另一個我，以日曆的觀點來看，說不定還能是很多個我。這時情緒增加了徬徨、不安；由此可知，我可以是日曆，也可以是撕日曆的人，不同的對象也彰顯出生命、生活的不同意義。這可銜接出第三段的態度，擺放位置的不同，也賦予出不一樣的生命力，作者是日曆，卻只能「懸」在生活中，這樣的狀態是暗指沒有安全感的；更想要的是掛在牆上，有厚實的感覺。

　　撕日曆，實質上是和過去很多的自己對話，汗顏是由於過往的回顧而將情緒反映出來，如不安、徬徨、陌生等，可能是過去的傷害、遺憾、懊悔所致。「撕」不是斷裂，而是將過去、現在做串連，也有一種自我領悟、反芻回味的時代意義。

　　生活中，手錶、鬧鐘、計時器、行事曆、碼表等物，都跟時間有關，作者選擇用日曆做細膩地刻畫和觀察，即使在牆上，也留意、悟出有深度的道理。為此，我們每天都在練習用詩把過去的自己撕去，留下新的自己、詩和更多的佳績，把日子越撕越薄，卻也留下了飽滿的詩心，這是歲月帶不走的韌性。

　　　　　　　　　　　　——2020散文詩解讀競寫佳作

人與世界聯手變質
——讀楊宗翰散文詩〈看夜景〉

右京

散文詩原作

〈看夜景〉／楊宗翰

妳說要看夜景——一滴早熟的露珠從耳膜滑入胃壁，是快樂的螢火蟲？

看夜景，妳說。好，在山上，我們熟悉的一隅。

——是的，我發誓：在你眨眼的剎那，這座道貌岸然的城市迴身扮了一個好醜的鬼臉。妳直說不信不信不相信，但我，發誓，再次發誓，在妳眨眼的剎那……

是的，我發誓：我確實見到整片乾斃的燈海車河、駢散有序的群墳列隊高歌、死者替生靈塗抹層層彌撒面霜……這荒言錯語拼夜添晝的，剎那。

妳索性閉上耳朵嘴巴眼睛，在那無表情的臉上，我終是發現：夜景的一部分，妳。

（如斯緊貼，我的胃壁。）

解讀

　　原詩可分成四段，第一段由女性角色「妳」口中提議看夜景，這時「一滴早熟的露珠從耳膜滑入胃壁，是快樂的螢火蟲？」滑入腹內的途徑不在口而在耳，強調這一事件是聽覺性的；進入胃裡象徵接納此一提議，並為結尾的效果鋪陳。兩人有「山上」這一個共同熟悉的場域，而「一隅」更營造兩人的私密性。

　　本詩第二段，揭示「看城市夜景」這現象的弔詭：遠離某地來看某地。這樣的觀察，看到了平常看不出的模樣，城市瞬間扮了鬼臉，猙獰如鬼，死亡瀰漫。然而這地獄般的意象只有「我」看到，「妳」則因眨眼而錯過了鬼臉，並且一直搖頭說不相信，此段男性「發誓」一詞和女性「不信」一詞出現的次數恰好皆為三次，彷彿在真相面前的相互拉鋸，一人因眼見事實信誓旦旦，一人以嬌嗔傾向搖頭否認，加強衝擊張力。

　　第三段補充前段發誓所見的內容，開頭彷彿是對看不見的庭上作一番澄清，強調毫無欺瞞。在「道貌岸然」的城市，「駢散有序的群墳」、「荒言錯語拼夜添晝的，剎那」揭示森羅萬象的可怖，並呼應第一段早已滲入的「早熟」一詞：詩中的「我」所見的駭人情景，豈非一座過於早熟、過於爛熟的欲望城國？

　　第四段，「妳」用動作拒絕接受「我」的覺察。「終是」兩字下得極重，因為它不僅以終結的姿態登場，而且將「我」、全詩甚至於讀者推至無法挽回的結局：「夜景的一部分，妳。」夜景的一部分和「妳」究竟是何關係？作者只用一個逗點說明，沒有訴諸於完整的表意字詞，供讀者想像兩者的關聯。「妳」是夜景之一？「妳」加入夜景裡？甚至是「妳」創造了這夜景？還是夜景的一部分和「妳」同源……這些想像皆有可能，也都無法完全概括。讀者們終是發現：「夜景的一部分∞妳」！

　　結局之外的小括弧「如斯緊貼，我的胃壁」說明了詩中的「我」現在的感受，原來那滑入耳朵的早熟露珠，不是親密的邀約話語，而是龐大的不堪，「我」以外的一切都聯手變質，包括曾經熟悉的「妳」在內……至此，「我」那聽任對方言語自由進入的身體，開始反胃欲嘔，像是吃慣媽媽的拿手菜，十年後才發現媽媽是蛇精喬裝的，一直拿腐肉餵食著你……多少人聽慣了情人的甜言蜜語，最後才發現是笑話，甚至是卑劣的陰謀？這般發現真相的感受，恐怕沒有比「胃壁緊貼」更貼切的形容了。

　　「我」感到反胃，因為發現城市早已死去；「妳」堅決否認，因為渾然不覺或共謀裝傻。人與世界聯手變質，而發現此點的人，早已同屬其中。

——2020散文詩解讀競寫佳作

一只太快樂的風箏
──解讀然靈〈口罩〉

陳政彥

散文詩原作

〈口罩〉／然靈

母親給了我一只口罩

所有的人都貼著牆，卻都蒼白地彈不出回音。失聲的眼癢癢的，忍不住搏揉著每一種天色。

你是我最親密的呼吸，讓我們一起行光合作用，讓你也感染我的病。

你的口罩只夠讓你閉嘴，你卻用耳質問：「我每一次的回首，為誰？」擁著彼此的病相遇，你的背影是四月太熟的景點，我只好轉涼。

然後我們開始瘋狂大笑。所有口罩在還沒被鼻樑卡住前，都是一只太快樂的風箏。

最後我還是乖乖的戴上母親給我的那只口罩，所有的小孩都應該聽話。四月的你太吵，而我有沉默的權利。

解讀

　　然靈是未來編寫臺灣詩史必不可掠過的女詩人之一，而她的存在卻長期被低估。已有多項詩獎肯定不在話下，且出版了臺灣第一本女詩人散文詩集，是女詩人寫散文詩不可忽視的代表。她同時兼擅詩、畫、攝影，能夠完成跨域藝術創作，她的眾多作品在各雜誌詩刊間時可得見。此外，長年擔任各種採訪寫稿的工作，跋涉世界各地，在一次次旅程中記錄了各地風土，他鄉天空下的吉光片羽，也有眾多旅行詩創作。

　　或許正是由於長年的旅行以及醉心繪畫攝影創作的緣故，然靈的詩甚少反射都市生活中人事糾葛，反能時常保持童稚之眼，用新鮮的眼光看俗世生活。因此黃智融說她的文字風格「像喜歡臉上塗抹泥巴嚇人、頑皮的野丫頭。」我們也時常能在她詩中讀到這點。例如這首〈口罩〉，每個小孩上學，都拎著媽媽給的口罩，在教室裡，因空氣而過敏生病的兒童各個眼癢鼻塞。

　　可能是同班的同學小夥伴，也可能是一起長大的兄弟姊妹，在這場口罩流行當道之下，詩中調皮的「你」喧嘩吵鬧，拿著口罩各種惡作劇，讓詩人又好氣又好笑，最終也禁不住投入這場瘋狂鬧劇，讓口罩變成快樂的風箏。

　　詩的結尾，興許是老師管秩序了，抑或爸媽進來房間

打罵了。詩人乖乖戴上口罩，裝成乖小孩，跟仍然喧鬧的
「你」之間，有著劃清界線的姿態，卻又不失一起胡鬧的
默契。透過遮蔽隔絕的口罩，反寫出口罩格擋不住我們兒
時片刻畫面，那些親情友情最深刻的連結。

　　反觀疫情仍未散去的當下，現在正帶著口罩的大家，
看了這首詩，當是微笑還是當沉思呢？

凝望「她」的筆起筆落
——試解然靈的散文詩〈她〉

林佩姬

〈她〉／然靈

　　她將一生的華麗溶成一盒水彩，為了保存六歲時第一次看見的彩虹。

　　十三歲時的第一次月經讓她學會像母親那樣貧血；二十歲她在他的掌紋裡找到三十歲的魚尾紋；五十歲故鄉的鑰匙打開了肚臍；七十歲她沉默成一株鳳尾蕨，把呼吸聲拉尖搔記憶的癢。

　　八十歲時他憂鬱成蒼蠅的複眼，不斷地磨蹭著牙刷，一直想把她的樣子刷清楚；但失聲後的唇，竟萎縮成一顆過瘦的牡蠣，被浸泡在喝剩的XO裡，除腥。

解讀

　　詩人然靈出生於1979年。詩人蘇紹連在2004年十一

月二十四日他的個人部落格【詩閱讀】貼文讚譽當年才二十五歲的然靈為「意象天才」。2010年然靈出版臺灣第一本女性散文詩集「解散練習」，當時才三十一歲。這首散文詩〈她〉使用豐富的意象「一盒水彩」「彩虹」「月經」「掌紋」「魚尾紋」「鑰匙」「肚臍」「鳳尾蕨」「蒼蠅」「牙刷」「唇」「牡蠣」「XO」，其連結有脈絡可循，不致晦澀難懂。美國散文詩詩人Russell Edson曾寫一首散文詩詩題是「散文詩就是一頭美麗的動物」，讀然靈的散文詩可感受到散文詩的趣味性與盎然的生命力。

　　然靈曾說：「希望以詩，在這塊土生土長的土地上辯證一切生命之源」。她寫一系列的散文詩〈她〉、〈他〉、〈牠〉、〈祂〉，把〈她〉置於先，顯示在詩人的心裡最重要的第三人稱是〈她〉。〈她〉敘述女人的一生，但卻不以完整的敘事為核心。誠如詩人秀實（香港詩歌協會會長）所說的：「散文詩含有一定的敘事性，讓詩句延長成段。但其與記敘文的不同是，記敘文總是有清晰而完整的脈絡，築構起承轉合的藝術特質。而散文詩的敘事是不完整的。」然靈喜歡畫畫，她的詩作常建構許多畫面，讀者可從這些線索築起屬於自己的一座心靈城堡。

　　「她一生的華麗溶成一盒水彩」然靈不深入細數那些五味雜陳的枝微末節，反把女人的一生烺鍊成色彩繽紛的一盒水彩。華麗應是富麗堂皇，她卻以簡筆輕輕帶過那繁

複的一生。一盒水彩彷彿囊括了人生的酸甜苦辣。

　　「為了保存六歲時第一次看見的彩虹」那女子華麗的一生是為守護六歲時的天真，似乎也說明詩人的內心嚮往的是反樸歸真。她始終如一地維護初心，信守對樂觀美好的仰望。彩虹予人的感覺是雨過天晴後的瑰麗多彩。但要款款細說人生，何其難啊！然靈曾說：「將龐雜記憶和難言之隱的種種思維，都交給詩們去複數」，所以「一盒水彩」「第一次的彩虹」帶領讀者走入美好的視覺與心覺感受。

　　十三歲的初經讓她體驗母親的貧血經歷。女人自初經到停經前，需歷經無數次的經期排血，貧血是很多女人擺脫不了的慘白人生經驗，也是身為女性必須承受的疼痛與失血。

　　二十歲正當青春好年華，卻栽在他的手掌心。女人為愛情奮不顧身地奉獻自己的青春。婚姻讓年紀輕輕的她背負了照顧家庭的責任。

　　三十歲的眼角就有了魚尾紋，說的都是女性為了家庭辛苦操勞。詩人未道出是多麼地疲累，只以魚尾紋的意象輕輕帶過，所有的艱苦也就不再細述了。

　　日本當紅繪本作家長谷川義史的作品「媽媽的肚臍」是打開未來之門的鑰匙，而然靈寫的是「五十歲故鄉的鑰匙打開了肚臍」，道出女人為婚姻犧牲，無法隨時放下家庭的

束縛回故鄉探訪娘家。她在五十歲時返鄉，讓那條切斷的臍帶又得以血脈連接，回到母親的懷抱，重溫母女情。

「七十歲時她沉默成一株鳳尾蕨」用沉默二字訴說女人的堅忍，寧可默默躲在牆角，承受生活裡的無奈，也不願意向人吐露內心之苦。沉默是語言的最高境界。鳳尾蕨一向喜歡生長在潮濕的牆縫、排水溝旁，其葉片卻具迷人風姿。她把呼吸聲拉尖，直到尖細而無法再拔高，終至斷了氣息倒下，剩下的是曾經的點點滴滴所撩起的強烈的思念。然靈用「搔記憶的癢」來形容，「搔」「癢」二字用得很扣人心弦。

此散文詩的時間軸鋪陳有序，未因她的去世戛然而終，反而筆鋒一轉，再次出現了「他」，失去了老伴的八十歲男人是悲傷的。末段首句「八十歲時他憂鬱成蒼蠅的複眼」，蒼蠅的視覺很發達，複眼讓它有三百六十度的視角，眼睛的反應速度是人的十倍。可見老翁努力的想用眼來尋找她遺留的蹤影，且「不斷的磨蹭牙刷，想把她的樣子刷清楚」，老翁的記憶退化，對其妻的記憶也越來越模糊，想用牙刷把妻子的樣子刷清楚。這裡說明憂鬱的老翁試圖挽回往昔記憶的努力。

「但失聲後的唇，竟萎縮成一顆過瘦的牡蠣，」寂寞的人啊，連個可說話的對象也沒有，聲音日漸消失了，說話的嘴唇退化萎縮成了過瘦的牡蠣。為何用「牡蠣」？

可能是它柔軟的性質。「被浸泡在喝剩的XO裡，除腥」
老翁常借酒澆愁，想說的話已無傾聽的對象。過去老翁對
其妻可能也少有甜言蜜語，才會用「腥」這個字。《國
語・周語》：「其政腥臊，馨香不登。」腥字即指污穢、
醜惡。

　　在「笠」詩刊第344期，詩人李敏勇翻譯日本詩人大
綱信（1937年到2017年）的「說詩12首」其中第五首：

> 詩是什麼？
> 小小事物
> 被大大眼睛反射
> 大大事物
> 出自小小雙唇

　　然靈在〈她〉這首散文詩也寫到眼睛與嘴唇，巧妙
雷同。也許然靈詩中的女人「她」指的是一首華麗的詩，
蒼蠅的複眼企圖搜尋詩的往昔光澤。那些詩也曾被豐潤的
雙唇朗讀過，而今人事已非。詩中提及的故鄉，也可能是
暗指鄉土的書寫才是一把打開人們記憶之門的鑰匙，那裡
有值得回味的眷戀。她一生未忘初衷，即使人已作古，朗
讀過她的詩的唇也已消瘦，卻仍殘留令人懷念的一股特殊
氣味。也許然靈所寫的「腥」暗指的是一股強烈帶有個

人色彩的特殊詩味,而這腥味正是詩所綻放的生命異采!
「她」曾漫過青澀,漫過憂傷,漫過沉默,最後「溶成一盒
水彩」,漫過讀者的眼,也漫過讀者與詩人相連的詩心。

　　　　　　　　　　　──2021散文詩解讀競寫佳作

她？我？
──讀然靈散文詩〈她〉

陳玉明

解讀

　　看著「她」，想著自己。

　　詩人然靈將「她」80年的穿插，捲在短短章頁裡，人生如白駒過隙、忽然而已。從六歲到八十歲，把人生曲線遞上七個切面，不複雜的文字勾勒複雜的熙攘歲月，看似分層，實則相連。

　　「十三歲時的第一次月經讓她學會像母親那樣貧血。」此段連接第一次的彩虹，和50歲想念母親的肚臍，看似不同年代，詩人卻巧妙地呼應前後情節。

　　「二十歲她在他的掌紋裡找到三十歲的魚尾紋。」二十歲是個玉臂紅唇、扭腰擺臀的荳蔻華年，卻攪出花溜溜的新嫁娘和柴米油鹽的日子，直到三十歲淡淡的魚尾紋，觸碎了心底的伏流。

　　中年創業奔走異鄉，「五十歲故鄉的鑰匙打開了肚臍。」巧妙雕飾胎兒與媽媽不可切割的親情，襯托朝思暮想，曾經受過委屈、吵過嘴、飄著飯菜香的家鄉。

　　時間一樣向前走。「七十歲她沉默成一株鳳尾蕨，把呼吸聲搔記憶的癢。」詩人塑造出遲暮老人寡語及記憶衰退的形象，「拉尖的呼吸聲」用得極為漂亮，將年邁老者的喘息聲完美呈現，並製造「沉默」和「拉尖的呼吸聲」的對比及衝突，隱隱搖晃出耄耋之年的黑影。

　　末段詩人打滴溜轉，完美演繹遲暮之悲。好比登爬一座座山頭不斷攀升，將讀者情緒登上峰頂再倏然謝幕。詩人從患病「蒼蠅的複眼。」運用「不斷地磨蹭著牙刷，一直想把她的樣子刷清楚。」暗喻強烈的自尊和自卑，詮釋出糾結紛擾與侷促不安。「失聲後的唇，竟萎縮成一顆過瘦的牡蠣。」銜接70歲的寡言直到80歲的不言語，以及無牙的嘴，孱弱佝僂身軀，而至最難忘地「被浸泡在喝剩的XO裡，除腥。」詩人將淒楚反轉成幽默，使讀者啞然失笑、卻心慌心痛。

　　再閱首行，才驚覺「她」生命絢麗斑斕，早已昇華成「六歲時第一次看見的彩虹。」在不美好中卻能擁有美好，隨著詩人筆下的起落，在暴風驟雨中，雖然滿地泥淖也要踏出亮麗色彩，如雨後的虹卻蘊含世間所有嬌豔顏色。

　　黑、沉睡在靜寂中，月明星稀的昏暗下，用打顫的手執筆寫出，那個「她」、是我。

──2022散文詩解讀競寫佳作

你在我的眼裡種樹
──試解然靈的散文詩〈砍樹〉

林佩姬

散文詩原作

〈砍樹〉／然靈

　　十年了，祖父躺過的地方，一直都很生冷。被祖父養大那條小黃狗，叼出了自己的肋骨，和稻草人交換一個--成熟的位置。

　　在土地公廟旁跟父親一起喝酒的榕樹，醉得吐了父親渾身的年輪，父親就這麼皺了。

　　你砍下了那棵樹。蟬都爬進了耳朵，叫響了你的一生。

──散文詩出處：《解散練習》

解讀

　　俄國文學理論家什克洛夫斯基（V. Shklovsky 1893-1984）認為：「藝術的技巧就是使對象陌生，使形式變得困難，增加感覺難度和時間長度，因為感覺的過程本身就是審美的目的，必須設法延長。」「詩歌的目的是要顛倒

習慣化的過程，使人們對熟悉的東西「陌生化」（引述自華人百科）。然靈的散文詩常在濃縮的文字裡，以一種迷魅、不受理性束縛的詩語言為媒介，帶領我們經歷奇幻之旅。

「砍樹」這首散文詩闡述的是愛的傳承。詩中配角無論是以何種形式呈現（狗、稻草人、土地公、樹木）；無論他們是否有生命，或是否為人，他們都是守護者。此散文詩共三段，每段包含一個世代，分別是祖父、父親、你（詩人）。在時間、空間與人物的移位，讓短促的生命軸線綿延成不絕的聲響。

第一段開端就說祖父往生十年了，曾躺過的地方既陌生又寒冷。祖父養的狗也走了。而狗卻在死後叼自己的肋骨，願與稻草人交換一個絕佳的位置，讓自己成為稻草人，立於愛的視野，繼續忠心守護這個家園。肋骨的典故源自聖經，上帝為不讓亞當孤獨，自亞當的身體取下肋骨，創造了女人夏娃為男子心中所愛與護衛的人。

第二段的土地公是保護在地人的神祇。父親與友人常相聚榕樹下飲酒，醉了就在榕樹旁吐。詩人採形體錯置扭曲的陌生化手法，讓讀者眼睛為之跳躍。那渾身的年輪一圈又一圈恰似累積在父親額上一條條的皺紋，父親就這麼地皺了。詩人用生動的意象「皺」取代「老」了。而樹與父親似乎合而為一，父親就是樹。

第三段是詩人與自己對話。

因父親酒醉嘔吐，樹沾了污濁。原以為砍樹可剷除過去不愉快的連結與回憶，但倚在樹上的蟬，卻以短小的形體，一步步爬進耳，成了一生都擺脫不了的聲響。

當撫觸生命裡似深且濃的刺痛，然靈總會在幽冥虛實交錯之際，輕盈地飛越苦楚。誠如其所言：「解散後，我們才得以無限交集——時光中的鳥獸散了，我們在高高躍起的瞬間擊掌」，砍下那棵樹，看似散了，蟬卻叫響了一生。

詩人李長青曾說：「每一首詩，都是對世界的回應」。這首散文詩也許是影射環保。樹是生態環保的要角，砍樹則象徵一種流離失所。祖父泛指先祖，人類為了眼前的利益，把先祖傳給我們的大量雨林濫伐，以為開發可消弭貧窮；殊不知全然的黑暗就此展開。詩人把對環保的呼籲化為繚繞不絕於耳的蟬鳴。但「蟬」也可能別有所指，指的是讓靈魂得以歸依、明心見性的「禪」。詩人提供一個遼闊開放的想像空間，讓讀者以不同的視角自我咀嚼，這就是讀者迷走詩裡的愉悅。詩人彷彿在我的眼裡種棵樹，讓我享受穿梭樹葉間的自由。

——2022散文詩解讀競寫優勝

眼淚無聲，made in Vietnam
──讀旋轉木馬越南移工系列三詩：〈夜孃〉、〈治病〉、〈泡麵〉

邱逸華

〈夜孃〉／旋轉木馬

　　我悄悄潛入濃妝豔抹的夜。夜越深，肉體變得越年輕，靈魂變得越蒼老，我以小時為單位兜售自己。

　　在一個個陌生男子的愛撫下，我逐漸形塑出成熟女人的胸臀曲線。有些男人拿鈔票將我變成了木偶，隨他們的指令擺弄著可笑的姿勢；有些男人，在酒氣的蒸騰後退化為獸；更多男人一邊用陽具戳扯我的神經，一邊問道：「舒服嗎」？我想，他們應該聽不懂越南話的「痛」！

　　在熱水的淋浴下，我一次次重新受洗成為教徒。

　　每次和故鄉的母親通電話，她總問我：「工作辛苦嗎？」我強忍住委屈，將身體一寸寸地縮小擠進話筒，經過一段煎熬的旅程終於返家。母親驚訝地看著我僵硬的笑臉。我答道：「工作一點也不辛苦！」

我不能讓她看出我的子宮正汩汩地在淌著淚。

散文詩原作

〈治病〉／旋轉木馬

我在家中寫成一本月曆，一日日被撕去生命的厚度，於是打包寄往臺灣接受治療。

我每天花十二小時復健，其餘則用來吃飯、睡覺和想家。一大早，在工廠鈴聲的催促下，我匆忙鑽進某個分配好的螺孔。時間旋緊我我旋緊身體，任由機器矯正脊椎的彎度。

當我不累時，會在工作桌上偷畫新家設計圖、編織父母的新衣、圈選弟妹來年要就讀的小學；當我很累，我的抱怨一出口總化為別人聽不懂的泡沫。我在出勤紀錄簿上量身高，在薪資袋上秤體重。當我駝了，出勤紀錄就長高；當我瘦了，薪資袋就變胖。

每個月有一天的療程去河邊。只有潛入水中，我才驚覺自己猶是一尾逡巡在故鄉的茶魚——我的鱗我的鰭我的鰓，我那張不大也閉不緊的眼瞼，完完全全是made in Vietnam。

散文詩原作

〈泡麵〉／旋轉木馬

　　母親湊不出旅費，只好偷偷把叮嚀與泡麵塞成一箱遙寄給我。郵資是一經水便膨脹的擔憂。

　　就著微弱夜色，我拆解起包裹，回憶拆解起我，沒一會我終於赤裸，慌忙鑽入箱中。我以一貫蜷曲的姿勢聆聽母親教誨，卻不經意瞥見泡麵吃掉父親的香菸、弟弟妹妹的零嘴，以及母親那條怎麼也捨不得丟的舊紗籠。

　　有同事自箱外走過，好奇地以語言拍打著我：「有人在嗎有人在嗎有人嗎？」我溺在自己的眼淚裡無法出聲制止──別！你恐怕敲壞的可是我魂牽夢縈的家。

　　我撕開調味包，好不容易擠出一個美夢。泡麵裡的麵是故鄉的山巒，泡麵裡的湯是故鄉的河川，至今兩年多的外勞生活，母親總共殷切地囑咐了二十四遍「記得按時吃飯」。

　　我含淚吞進六百多個越南。

──2021散文詩解讀競寫優勝

解讀

　　「詩，可以興，可以觀，可以群，可以怨。」（註1）
詩歌創作不僅止於寄託作者個人情志，更多時候，它擔負
著社會功能，讓我們有機會剝開創痛，為無告之人發聲。

　　〈夜孃〉、〈治病〉、〈泡麵〉三首散文詩，收錄
在旋轉木馬（連展毅）的《幽默笑話集》中。儘管整部詩
集「特意蒐羅五十多則詼諧逗趣、寓意深遠、體察世情、
直指人心的幽默小品」（註2），希望讀者能排遣無聊、
紓解壓力，但這三首以越南移工為素材的詩作，竟不見任
何「幽默」式諷諭或詼諧口吻。讀來有層層揮之不去的沉
鬱，詩裡流出的每一滴淚，都是越南移工的卑屈與鄉愁。

　　從印尼、越南、菲律賓及泰國來臺的移工已逾70萬
人，他們深入臺灣各種產業，彌補了基層勞力的不足；又
或者擔任醫院、家庭看護，成為許多家庭長照的主力。然
而移工來臺除了可能受仲介剝削之外，工作權益也沒有足
夠的法律保障，勞工問題的沉痾讓他們即使遭受壓迫也只
能隱忍或逃跑。旋轉木馬這三首詩，就像「越南移工悲歌
三部曲」，讓我們透過詩的意象塑造，更貼近移工的心靈
傷口。

　　〈夜孃〉寫的是為生活被迫出賣肉體的越南女孩。
性交易讓她的身體快速成熟（「形塑出成熟女人的胸臀曲

線」），靈魂卻提早蒼老；嫖客用鈔票操縱她的姿勢，以獸性撕咬她的生命。這些在異鄉受的委屈，只能往肚裡吞，即使在母親的面前，也只能隱藏自己的眼淚。

〈治病〉這首詩的主角，則把離鄉赴臺當作一種「治病」的歷程。「我在家中窩成一本月曆，一日日被撕去生命的厚度」，意謂著日復一日失業，生命的價值也一日日減損，於是「打包（自己）寄往臺灣接受治療」。成為移工，也許是證明自己還有活下去（復原）的機會。「我每天花十二小時復健」，意即每天工作十二小時（超時工作），而機械化的操作，讓移工的身心過度負荷──「時間旋緊我我旋緊身體，任由機器矯正脊椎的彎度」、「當我駝了，出勤紀錄就長高；當我瘦了，薪資袋就變胖」，在這裡人已不是人，是生產線上的一顆螺絲，但為了故鄉的新家、父母與弟妹，只能繼續這樣的「治療」。甚麼時候才能找回存在感呢？只有每個月一次去河邊的日子，才能自在呼吸，活回真實的樣子──「完完全全是made in Vietnam。」

〈泡麵〉一詩，書寫移工離鄉兩年濃烈的鄉愁。泡麵雖然是食品科技發展下的「速食」，卻是許多異鄉遊子的「家鄉味」。詩中的母親透過每個月寄一箱泡麵來展示母愛，這個「泡麵箱」，成為遊子逃避疏離感與思鄉時刻的慰藉，所以「我拆解起包裹，回憶拆解起我，沒一會我

終於赤裸，慌忙鑽入箱中」。這個「我」知道，母親是節
省了父親的香菸、弟妹的零嘴以及自己的治裝費，才能月
月將故鄉的山川與思念寄來。「泡麵」的意象巧妙連結了
「一經水便膨脹的擔憂」、「撕開調味包，擠出一個美
夢」，以及「泡麵裡的麵是故鄉的山巒，泡麵裡的湯是故
鄉的河川」，鄉愁彷彿透過一包泡麵滾燙起來。

綜觀這三首詩，主角的境遇雖有差異，但詩中貫穿的
移工悲愁並無二致。其表現手法有以下幾個特點：

一、以映襯手法深化蒼涼之感

詩人透過對比手法，凸顯移工生存的痛苦，深化其
悲憫之意。如「肉體變得越年輕，靈魂變得越蒼老」《夜
孃》、「當我駝了，出勤紀錄就長高；當我瘦了，薪資袋
就變胖。」《治病》在「年輕」與「蒼老」的對比中，我
們看見少女被現實奪去天真的殘酷；在身體「駝了」，
「出勤紀錄就長高」以及「瘦了」，「薪資袋就變胖」的
兩組反襯中，感受到移工為了生存，即使被迫超時工作也
只能隱忍的辛酸。

二、以超現實手法，物化自己，解離痛苦

資本主義社會中，人們常有「疏離」（alienation，或
譯為異化）的困境。當人的本質被某些制度或關係剝奪，

自己便會產生人性剝離或喪失的感受。這時候連看自己都
覺得陌生。許多時候，人類是被動承受個體被「異化」的
壓力，但在越南移工系列三詩中，我們可以看到大量「自
我物化」的詩句。移工為了解離自我面臨的龐大壓力，不
得不物化自己。彷彿成為物品以後就可以拉開與痛苦的距
離，實際上卻更凸顯了生存的荒謬與悲哀。

　　如：「我以小時為單位兜售自己」、「我強忍住委
屈，將身體一寸寸地縮小擠進話筒」《夜孃》，寫出少女
在販賣肉體的過程中，因無法正視自己的痛苦，也無法向
母親傾訴，故習慣將自我微縮。「就著微弱夜色，我拆解
起包裹，回憶拆解起我，沒一會我終於赤裸，慌忙鑽入箱
中。」《泡麵》鑽入箱中的「超現實手法」，也是主人公
逃避異化的想像。

　　〈治病〉一詩則有更精彩的「物性化」展示：「我在
家中窩成一本月曆，一日日被撕去生命的厚度，於是打包
（自我）寄往臺灣接受治療」、「在工廠鈴聲的催促下，
我匆忙鑽進某個分配好的螺孔。時間旋緊我我旋緊身體，
任由機器矯正脊椎的彎度」、「自己猶是一尾逡巡在故鄉
的茶魚──我的鱗我的鰭我的鰓，我那張不大也閉不緊的
眼瞼，完完全全是made in Vietnam」……這裡的「我」，
是被撕去生命厚度的「月曆」，是機械化鑽進螺孔的「螺
絲」，也是不忍面對鄉愁的「茶魚」。移工在異鄉謀生的

沉重經歷，透過這些物化技巧細緻地展現出來。

三、以語言的隔閡呈現不被了解的心事與痛苦

　　在異鄉生存的重要關卡是「語言」。說同一種語言的人們都不免出現溝通障礙，更何況是異鄉的陌生語言。詩人透過「語言的隔閡」，呈現移工生存苦境的無處傾訴。如：「更多男人一邊用陽具戳扯我的神經，一邊問道：『舒服嗎』？我想，他們應該聽不懂越南話的『痛』」！《夜孃》這裡的「痛」除了是語言的，也雙關了心靈的痛；嫖客聽不懂越南話的「痛」，更不可能同理夜孃心靈的「痛」。又如：「當我很累，我的抱怨一出口總化為別人聽不懂的泡沫。」《治病〉）、「有同事自箱外走過，好奇地以語言拍打著我：『有人在嗎有人在嗎有人嗎？』」《泡麵》這裡用「聽不懂的泡沫」，除了反映了移工再怎麼抱怨也沒人聽懂外，也用泡沫很快就消失的特點，象徵他們存在的無足輕重；而「有人在嗎有人在嗎有人嗎？」一組問句中，最後刻意刪去「在」字，改為「有人嗎？」也暗示了移工遭受「非人」的對待。

四、母親的形象是鄉愁的具體化

　　「母親」常常是文學作品中鄉愁的指涉。而在東方社會，母親因溫柔慈愛，與子女的連結往往比父親更深。

〈夜孃〉一詩寫道:「每次和故鄉的母親通電話,她總問我:『工作辛苦嗎?』」、「我不能讓她看出我的子宮正汨汨地在淌著淚。」女兒來自母親的子宮,所以夜孃不能讓母親知道自己在出賣子宮,更不能讓母親流淚擔憂。

〈泡麵〉一詩裡的母親,則透過行動、語言,深切關愛異鄉子女──「母親湊不出旅費,只好偷偷把叮嚀與泡麵塞成一箱遙寄給我。」、「母親總共殷切地囑咐了二十四遍『記得按時吃飯』」。母親的愛成為移工心靈最溫暖的慰藉,這份跨越國境的關懷與叮嚀,讓受苦的心靈有堅持下去的力量。

移工在跨國的移動過程中尋找機會,「在極其有限的條件下盤算利害、作出選擇,並大膽付諸行動。只是他鄉異地,鬼影幢幢,封閉的勞動環境、不穩定的居留身分、有限的社會網絡、不得自由轉換雇主等結構性因素,都成為旅程中不可知的人為陷阱⋯⋯」(註3),而且,「輸了還是要前進,停滯只能沉淪,踩不到底。」(註4)移工帶著夢想客居異鄉謀生,卻未必能實現想像中的美好藍圖。他們為了家庭到海外打拚,但回家的路卻何其迢遠漫長。讀旋轉木馬這三首詩,雖不能見移工問題全貌,卻讓我們有機會重新思索移工生存的各種面向,並用同理心去接納、擁抱來自異鄉這些勇敢而堅強的靈魂。

引註資料

註1：語出《論語‧陽貨》。

註2：語出旋轉木馬《幽默笑話集》前言，p.11，2017年9月，臺北市：秀威資訊科技。

註3：引自顧玉玲《回家》內容簡介，2014年10月，臺北市：印刻文學。

註4：引自顧玉玲《回家》，p.175。

在日記中放生的視角
──試讀蘇家立〈放生〉

破弦

散文詩原作

〈放生〉／蘇家立

把日記本攤成一座湖泊，我在湖邊一個人做柔軟操，並不急著下水。湖中有幾個看不出年齡的孩子在嬉鬧，帶頭的捧著一顆滿月，其他人想搶卻搶不到，身體漸漸萎縮，沉到水底化為一塊塊小石子。倖存的孩子爬上岸把月亮放進我懷裡，變成一隻青蛙跳入比黑夜更深的草叢，我再次把月亮丟進湖裡，等下一批人搶奪。

有的變成蛇而有的變成蜥蜴，故事的結尾可能是這樣。確認四肢溫暖了之後，我跳進湖泊抓緊左岸慢慢的往右岸靠攏，讓它回到日記本的樣子，而我像一片尚未枯黃的葉子，就這般俐落地插入。

墨字遇到水會悄悄暈開，而許多故事途中會有響亮的水聲。我坐在日記本前，把過去的自己陸續葬在夾層中，有時假裝自己是爬蟲類，血的溫度比公車站牌的影子更

冷。揮手向遠方告別時，我聽見磁磚像鱗片從牆壁脫落，
露出赤裸的灰色水泥，那份純潔的色情令我忍不住勃起。

解讀

　　日記本是私密的、個人的記事之物，詩人開篇就將實
體再現成一道風景，讓人彷彿透過擴增實景閱讀屬於他的
記事。景中所有孩子和變形之物都是「我」，或說由我的
眼光投射出去的日常的影子、思想的影子、他者的影子，
呼應日記這本變形的「湖泊」，將「我」立在岸邊成為一
個旁觀者，從「做柔軟操，並不急著下水」可知旁觀者並
非打算刻意地讓自己站在客觀的位置，而是一個主客混雜
的視角，在其中也在之外。就像是一個人的自省，總是嘗
試站在客觀的角度思量自我言行，卻也總是難以脫離主觀
作為價值標準。在記錄著私密的日記時，所有的省思也都
是這樣的嘗試，也都是一場場在之中、在之外的拉鋸。

　　那些沉進湖底的孩子看來像是滿月爭奪的失敗者，滿
月所反射的完滿其實也是一種虛幻，爭搶虛幻的美（完美）
所帶來的與其說是失敗，不如說是一種撤退，撤退到日記深
處被堆疊起來，從來未曾消失且增添了重量。而在其中「倖
存」的人，似乎也明白了虛幻的事實，自由的方式卻是變形
的解脫，必須蛻變成另外一種型態才能適應現實，然而現實

是「比黑夜更深的草叢」，並不是虛幻的完滿。

　　「我」作為一個身在其中的觀察者，能看透某些層次，能見到他者甚至是審視自身的變形過程，這些觀察別人的、觀察自我的過程不但是被日記紀錄成故事（過往發生的事），也是以詩人視角去解析註解。

　　而「我」能在其中抽離，能透視每段故事，能冷靜理性處理那些故事豐腴的情感背後的脈絡，最少也能透過書寫埋葬一個個感情豐沛的我，「假裝自己是爬蟲類」適應這些溫度與夜幕。而那些逐漸被埋藏而偽裝起來的（甚至是武裝），不會讓人以為是無瑕白色的原初欲望，或說某種熱情（熱血）的純粹，騷動著，與如今之「我」有所共鳴，也是詩人放生在日記中卻是在現實滋長的物事，令人忍不住以勃起的初始欲望相呼應。

——2020散文詩解讀競寫優勝

記憶的雙面
──讀潘家欣散文詩〈刺青〉

時雨

時雨

散文詩原作

〈刺青〉／潘家欣

　　自從刺青進化到可以照相寫實之後，只剩下很少的手工刺青師，憑藉著傳藝世家的光環，苟延殘喘，並極力爭取成為世界遺產。

　　其他人呢？沒有其他人了，雷射機能自動將雇主生命記憶中的種種瑰麗，轉換為數位影像，深深淺淺覆上血肉，或是，消除那些過時的舊地圖。如此精確，如此便捷。只需刷卡付費，從機臺上下來便換了一張人皮。

　　有人將記憶從腦海中取出，刺在雙手，攤開掌心便是一對愛人的瞳孔，有人將吻過的嘴唇刺在全身，做愛時，舊情人便狠狠吻舐著新的肉體。有人將自己的五臟內腑、神經血管全翻轉過來刺，血淋淋地吃飯，血淋淋地上街，為了停車位跟人吵架時，還能看他眼皮上的靜脈激烈收縮，蠻嚇唬人的。

　　親愛的，我也去做了寫實刺青。

　　最近正在蓄髮，只是還穿不慣你的衣服，我放棄自己
的臉，刺上你的。雖然身分證上你是你，而我仍是我，但
名姓無關緊要，對吧。

　　〈刺青〉收錄於潘家欣《失語獸》一書。第一段描寫
刺青這門技藝的變遷，由手工進化成雷射機打印，技藝的
「進化」，反而使人被淘汰，這樣的進化，彷彿也意味著
消滅。雖然仍有少部分有光環者存留，並爭取申請成為世
界遺產，但即使爭取成功，也退出大部分人的視野。

　　第二段進一步刻劃只要付費即可獲得的「便利」，看
似能精確將雇主記憶的瑰麗再現，但詩人並置雷射機顯影
和消除過去的雙重功能，突顯記憶的雙面性，即有些人有
些事被記憶，但另一些則被捨棄、遺忘。

　　當某一段記憶被選取，打印在血肉的最上層，常被忽
略的是，底下往往曾經有「舊地圖」被視為過時，被消滅
於無形。如果雷射機能讓人便捷地轉換「人皮」，那麼在
當下覆蓋臉上、身上，被認可的瑰麗之外，究竟有多少記
憶也曾被視為美好，如今卻從我們的生命中抹去？

　　第三段具體描寫寫實照相刺在人體上的模樣。原本無

論是愛人的瞳孔或吻過的嘴唇，都是人體的一部分而已，所謂寫實，其實是多個部分互相配合、具有前後脈絡的整體，只取部分刺在身體上展示，那還算是寫實嗎？當人們選取部分的器官、記憶刺在身上，目的可能是紀念，但也可能不只是如此。這一段各種不同的刺青畫面帶著狠勁，好像愛過的記憶、隱藏的內在，也成為一種保護自己的盔甲。

在前面的鋪陳下，第四段、第五段描寫「我」也去做了寫實刺青，暗示「我」似乎想要藉由刺青、蓄髮、衣服變成你，這樣的描寫呼應前面提到的刺青、記憶的雙面特質，記憶的另一面是有什麼被放棄。

此處令人驚駭的是，「我」寧願放棄自己的臉，也要變成「你」。如果說寫實刺青刺的是「雇主生命記憶中的種種瑰麗」，「你」帶給「我」的深刻，甚至甚至超越了「我」對自身的執著。然而，「身分證上你是你，我仍是我」，似乎又代表著即使努力使外表相似、放棄自己的臉，「我」和「你」仍無法完美疊合。

詩人在此處採取開放式的寫法，並未清楚說明「我」和「你」的關係或性別，但由各段意象的鋪排，已讓讀者感受到一種強烈、奇異又孤注一擲的情感驅力，同時也開啟了對於記憶更多層次的思辨與想像。

　　　　　　　　　　——2020散文詩解讀競寫優勝

是獸還是我：
潘家欣〈失語獸〉的陰影辯證

蔡知臻

散文詩原作

〈失語獸〉／潘家欣

我在城市的四處，牧著一群失語獸。

牠們不產毛，也不產奶，偶爾日出時，會有奶黃色的反光，從牠們被曬暖的背脊上反射出來。

有時牠們很順從地依偎在一起，那時城市的角落便開著有如海葵般溫暖的花火。有時它們韌性四散，我便忍耐著自己暴躁的心性，將獸群一一驅趕，直到它們形成勉強的聚落。

當然獸是不言語的，亦無呻吟和呼息，有時候牠們會用口鼻或是雪白的長牙輕輕的觸一觸我的腿，我不明白牠們要什麼。

獸的數量正在緩慢增加，非常慢，一年才增加一兩頭，但牠們幾乎不會死去。

我本能地知道，自己只是暫時的牧人。獸與城市共

存，當城市毀滅的時候，牠們將會遷徙到其他的城市，或是其他星球，繼續著獸群無謂的生命，聳動牠們短毛、多肉的背脊，如同所有的石造遺跡一樣投下牠們永恆的影子。

解讀

　　「獸」作為現代詩書寫的主題，是相當鮮明且具特色。蘇紹連〈獸〉即是重要的作品，然筆者欲討論的另一首以「獸」為題的詩作，是新世代的詩人潘家欣收錄於同名詩集的〈失語獸〉一詩。起先閱讀這首散文詩時，能感受到詩人所營造的鬼魅氣氛，但細細讀來，又有某種日常性與普遍性在其中，彷彿回望自身的情感與領悟，與獸的狀態對觀毫無違和感。

　　先從開頭談起，詩中的敘事者我具有掌控權，牧著一群失語獸，而失語獸到的是什麼樣呢？他們又是如何出現的？這些問題都要繼續閱讀才能尋找到端倪。牠們看似無用，但確是城市不可或缺的一個角色。此詩中的城市可以是種隱喻，表示敘事者的內心，筆者認為「獸」的出現可藉由榮格心理原型中的「陰影」來詮釋，牠是人內心的某種陰暗的狀態，以及不正的情思與情感，敘事者驅趕著獸，好似將心中的陰暗面趕至邊境，不要讓他們佔領整個

城市／內心，爾後詩人也言獸是不言語，亦無呻吟和呼息，有時卻會輕觸腿，好似求索、或是期許，甚至是某種情感的欲望展現，而人們常常裝作不清楚，也不願知道。

　　獸與城市共存，就如陰影與人心共存一般，每年會多一兩頭，而牧獸者駕馭的能力只能增長而不能削弱。詩最後說到城市毀滅時獸的何去何從，可以肯定的是，獸是不滅的，就如人心之陰暗面，很難消除或是掩蓋，當心死亡時，陰影隨之遷移，無論是哪座城或哪顆心，無所不在，也不管形體的還是遺跡的，只是數量多寡而已。

　　從〈失語獸〉一詩看來，此詩雖敘事性較強，但確實深刻描寫對人心之詮釋與解剖，抒情性才是中心主旨。失語獸之於陰影，是人類內心最深的黑暗面或生物本能之自我，也是詩人檢視內心或另類的自我告白，或許我們可以大膽假設，獸影射詩人的本我，而牧獸人則是詩人化身的超我，以兩個我的對話，進行此詩的書寫與辯證。

　　　　　　　　　　──2020散文詩解讀競寫優勝

書寫自由與歸心，推動生命的洋流
──讀澤榆散文詩〈龜心〉

姚于玲

散文詩原作

〈龜心〉／澤榆

　　我曾將一隻龜放回大海，牠後來長成一座島。在我死後，仍馱著指紋前進，手指溫度與海水交合，環繞成洋流。

　　以不褪色的墨汁，在牠背上寫過。一個「愛」字，是溫柔的咒。已無法預知它後來的模樣。也許是機場；也許是熱帶雨林；也許是我的博物館。又或，所有地域早被劃分好，只是等著歲月的拉拔。

　　思念時，整座城市會很接近雲層。多雨，很多人事物就從邊緣掉落。尾巴總記得初岸的方向。嘴巴想咬碎太陽，嘗試將我與遠古一同吐出來。掙扎一陣，又回歸沉沒。太念舊，有時是一場浩劫。

　　我想牠忘了那盆火。只記得我如水眼神。也曾想過以牠占卜未來，但最終選擇了另一種，慢慢的裂開。其實牠只要縮得夠深，就能看見我的遺骸。但牠總是，太勇敢。

解讀

　　龜心，歸心；以龜的形象、特徵和與龜的情感結合，打造鮮明的龜心。

　　「我曾將一隻龜放回大海，牠後來長成一座島。在我死後，仍馱著指紋前進，手指溫度與海水交合，環繞成洋流。」，追敘（flashback）的寫法勾起讀者探知原由的好奇心，也隱藏另一用意，稍後說明。

　　「以不褪色的墨汁，在牠背上寫過。一個『愛字』，是溫柔的咒。」，此人用情至深，將愛的咒語寫在龜背上，設計背負重擔的形象和成份。「已無法預知它後來的模樣。」「它」是龜，是愛？『「它」也許是機場；也許是熱帶雨林；也許是我的博物館。』，機場是悲歡離合的隱喻；熱帶雨林是探險、冒險，神祕的地方；而博物館是收藏和探訪回憶的地點；作者將情感-虛物與地方-實物配對，兩者交集。「又或，所有地域早被劃分好，只是等著歲月的拉拔。」，情感複雜，有時歲月將之自然劃分。

　　「思念時，整座城市會很接近雲層。多雨，很多人事物就從邊緣掉落。」，當情緒潮濕，易忽略人事。「尾巴總記得初岸的方向。」，龜心（歸心），是牽引回望的重心所在。「嘴巴想咬碎太陽，嘗試將我與遠古一同吐出來。」，「太陽」是日子的隱喻；描寫過去與當下的我，

重疊、交集所產生的果，隱藏因果的呈現。而「吐」，是
無奈、用力、被動的情緒釋放。「掙扎一陣，又回歸沉
沒。」，現實不時經歷掙扎與妥協。「太念舊，有時是一
場浩劫。」，憑藉龜，展現他重情、敏感的一面。

「我想牠忘了那盆火。只記得我如水眼神。」，此
龜熱情、欲望消退，還受潮濕的情緒影響，模糊了視線和
前景。「也曾想過以牠占卜未來，但最終選擇了另一種，
慢慢的裂開。」，表面上他用一般的算命法，以龜占卜未
來，另一層深意是此人時刻惦記對人生的歸心、初心；舉
步時，處處以它為考量。這會否是一種負擔？當他對歸
心，有了新體驗和省思，新選擇裂開視野，新局面則讓
他忐忑不已。「其實牠只要縮得夠深，就能看見我的遺
骸。」，他渴望所豢養的龜，能深入了解、體恤主人的經
歷。「縮」，唯有回退能發現主人的歸心，接納過去的選
擇。「但牠總是，太勇敢。」，這顆龜心（歸心），已豁
出去。尾句，隱藏無奈、韌性和未知，韻味豐富。歸心有
回歸初心、回頭探索和歸附之意。有些事難回頭，選擇
後，勇敢面對，大概是應對未知的良方。

說回開端，龜放生大海，後來長成一座島；島躺在
大海，如自由的座標。「手指溫度與海水交合，環繞成洋
流。」，或許自由的國度和手指的溫度，兩者連接，加上
放生、隱祕、虛形卻實在的龜心（歸心），形成作者生命

中，創作時的洋流。

──2020散文詩解讀競寫佳作

他多變的天氣
——讀澤榆散文詩〈滅〉

卡路

散文詩原作

〈滅〉／澤榆

　　聽見一個著火者按鈴，我披著一身雨就去應門。他撲向我，而我不斷傾盡，不停更換身上的雨，以附和他多變的天氣。

　　躲在霧裡，終究是怕他看見赤裸的真相。我想他並不在意靈魂，他饞的是水做的身體。而我不再確定自我的成份，只是收集，收集與收集——都沒發現啊，某處已越來越黑了。

　　是雷。積攢的雷，將他本來立體巨碩的火蛇，劈得越發扁平，甚至熔進肌理，成為雨天就受驚萎縮的蟲子。我拔掉了那巧言的舌，從此不再穿衣。

解讀

　　讀這首散文詩感覺像一場心靈療程，作者是醫生也是

病人。

詩題「滅」是作者要把燃燒自己的火熄滅？還是要讓自己給消滅掉？我們從第一節開始去理解。「聽見一個著火者按鈴，我披著一身雨就去應門。」這句裡有兩個要素，一個是「火」；物質燃燒過程中所進行的強烈氧化反應，能量會以光和熱形式釋放，「火」代表欲望、強烈、激烈、毀滅性。

另一個是「雨」，既是「水」；由氫、氧兩種元素組成的，也是人類維持生命的重要物質。「水」代表溫柔的、軟弱的、悲觀的，或人的善良。

作者從自己的內心分設出這兩個不同的特質，讓他們對話、互動，試圖想從中找到一個讓自己解脫的答案。

第三節提到被「雷」劈，雷劈下後會著火，又含水的物體可以解讀為「樹」，作者把自己比喻成一棵披著一身雨的「樹」。

「他撲向我，而我不斷傾盡，不停更換身上的雨，以附和他多變的天氣。」著「火」的「樹」拼命用身上的「水」去抵禦。作者「火」的部分不斷滋生坏念頭。是不是要不惜一切毀掉對方以達到目的？甚至不惜毀掉自己？為了平衡心理的疑慮，作者善良的部分開始抵禦，像魔鬼與天使在心中拔河。

第二節「躲在霧裡，終究是怕他看見赤裸的真相。」水遇到火時，部分熱氣蒸騰成霧，模糊人的視線。內心

掙扎的時間長了，身心疲累，是不是該選擇接受負面的自己？或許自己並沒有那麼善良，或許自己就是軟弱。

「我想他並不在意靈魂，他饞的是水做的身體。」，更多的「水」蒸發，「火」勢就更大。負面的思維像水蛭，吸附在作者的靈魂，在心裡不斷擴張，使他慢慢失去理智。

「而我不再確定自我的成份，只是收集，收集與收集─都沒發現啊，某處已越來越黑了。」，「樹」錯用了「火」的成份去填補失去的水份，結果燒焦了。不清楚自身的價值就容易被外在的言論和環境影響思維，作者不知覺就助長了負面的欲望，迷失了，想用更多的欲望來填補心裡的空虛，結果越陷越深。

「是雷。積攢的雷，將他本來立體巨碩的火蛇，劈得越發扁平，甚至熔進肌理，成為雨天就受驚萎縮的蟲子。」，「雷」代表重大的力量，使人驚嚇、震撼。當「雷」劈在「樹」上，力量之大得以劈開樹身，使其死亡。這時作者應該是受到外來的一個很大的打擊，或許是他的坏念頭使他淪陷了。他極度驚嚇，甚至產生恐懼，以至他不得不面對他最抗拒的真相。

「我拔掉了那巧言的舌，從此不再穿衣。」從那次打擊，作者領悟到他不能再活在謊言中，從此不再掩飾自己的弱點，坦誠的去面對自己的內心。

　　　　　　　　　　——2022散文詩解讀競寫佳作

詩的蒙太奇與超現實
──讀鮮聖散文詩〈紅窗花〉

漫漁

〈紅窗花〉／鮮聖

母親的指尖著火了，剪刀的刀刃上流淌著桃花的血液。

母親低著頭，用鋒利的目光剪三月的春風、剪五月的麥香。一團團火焰把她包圍，瘦長的身影像一朵紅彤彤的雲，貼在了玻璃的傷口上。手中的蓮花開得正豔。

剪紅了山，剪紅了水，剪紅了山裡的牛和羊。

母親抬頭看天邊的夕陽，一滴淚水打濕了桃花的花瓣。沿著淚痕，她剪出了一塊紅手絹，剪出了一張紅地毯。

一生的剪刀，鍍上了一層亮光。臉上的笑，像一堆燃燒的篝火，把玻璃照得發燙。

鄉村和籬笆全都著上了顏色。坐在土牆屋裡的父親，沉默著，盯著母親把一段段光陰剪得形態萬千。

紅窗花像一塊紅亮亮的碳，父親這塊冷冰冰的鐵，漸漸被它燒紅了。

參考資料出處：

1.「臺灣文創陳光華」udn部落格文章《第一章、新詩裡的
　超現實表現手法》http://blog.udn.com/shesiya/114405016

2.「忘路之遠近」樵客老師的國文教學網站，《論商禽散文
　詩中「詩質」的呈現》https://rueylin0119.pixnet.net/blog/
　post/304010258-%E5%95%86%E7%A6%BD%E9%95%B7%E9
　%A0%B8%E9%B9%BF

解讀

　　2010年第一屆臺灣詩學創作獎的散文詩首獎作品，是
中國詩人鮮聖的〈紅窗花〉。初次讀到這首詩，覺得一首
好的散文詩就應該要是這樣的，具有以下元素：有散文的
敘事性，戲劇化的場景鋪陳，詩的意象和矛盾抽象的語
言，魔幻的虛實交錯，寓言的色彩，以及一個張力夠的
結尾。

　　窗花是中國剪紙藝術，每一張窗花都可以是一個故
事，取材五花八門，從農漁生活，動物花鳥，到神話戲
曲，既有保留屋內隱私，還有節慶裝飾的功能。作者將窗
花的意象巧妙發揮，貫穿全詩，串連起季節（三月的春
風、五月的麥香），放牧生活（山裡的牛羊），農村景象
（鄉村和籬笆）等典型農牧生活，建立了詩的背景基調，

然後在這基調之上，玩起類似電影蒙太奇（**Montage**）的拼貼（**Collage**）手法（而這又和「窗花」的形象不謀而合）。

詩人將「母親」為主軸的場景，依不同時間地點和各種動作神態來拼貼串連（母親的指尖／母親低著頭／鋒利的目光／抬頭⋯⋯一滴淚水打濕了桃花的花瓣／臉上的笑，像一堆燃燒的篝火），塑造了一個既堅韌又耐苦的傳統農村婦女形象。另一方面，從「父親」的視角來側面描寫母親在家庭生活每一段光陰的重要性，也是不露痕跡的人物刻劃手法，使得整首詩有了不落俗套的敘事功能。而在這些場景和人物描寫中，也看到了利用類似魔幻寫實（**Magical realism**）的手法，在虛實之間帶出人物的心裡狀態和生活的悲喜（母親的指尖著火了／身影像一朵紅彤彤的雲，貼在了玻璃的傷口上／剪紅了山，剪紅了水，剪紅了山裡的牛和羊／把一段段光陰剪得形態萬千），讓平淡的農家夫妻生活添增了劇場的元素。

而在詩的語言方面，也在在彰顯了鮮聖語言運用的純熟度。利用顏色（火焰的紅／桃花的紅／雲朵的紅／燃燒的碳紅⋯⋯）串連畫面，使用排比（剪紅了山，剪紅了水，剪紅了山裡的牛和羊）帶出韻律和節奏，運用反差和對比（紅亮亮的碳／冷冰冰的鐵）點出人物關係，成功地平衡了情感和藝術層次的表現，讓這首散文詩成為有溫度

有生命的作品。

　　這也是一首讓讀者展現想像空間的散文詩，最好的境界是不說明，讓讀者各自理解體會。窗花原本有喜慶象徵意義，暗示了村民對過好日子的渴望，同時也滿足觀眾一種偷窺人生百態的心理。透過紅窗花，瞥見一位婦人被生活所磨的神韻，其中第四段更讓人感覺留下了悲情的伏筆：

　　　　母親抬頭看天邊的夕陽，一滴淚水打濕了桃花的花
　　　　瓣。沿著淚痕，她剪出了一塊紅手娟，剪出了一張
　　　　紅地毯。

　　詩人商禽在2010年離世，臺灣詩學為紀念這位散文詩的開創者，在同一年開辦了散文詩創作獎。很有意思的是，筆者在讀鮮聖的〈紅窗花〉時，個人感覺到這位首獎詩人在意象的構築和場景的安排上，展現了類似商禽早期散文詩「超現實主義」的風格，這真是一個冥冥之中的美好巧合。

女人的紅色天地
──讀鮮聖〈紅窗花〉

范淑娟

解讀

女人的生命從紅色開始。

新婚之日踏入新的家庭，觸目即是紅色世界：紅燭火焰、紅色喜幛，以及滿目紅色的窗花，紅色光影流動，女人展開了新天地。

首段即點出桃花般的青春少女開始了不一樣的人生。「鋒利」不僅是剪刀的刀刃，也是目光，更是精明幹練的主婦姿態。一把鋒利的刀剪剪出農家的生活。

心如玻璃易碎，紅彤彤的雲、紅豔豔的蓮花，貼在破碎的心口上，暫時蓋住傷口稍稍給些撫慰！女人眺望遠方山水，那裡有她美麗的幻夢，而近處的牛與羊一叫，卻喚回她飄盪的心思，「生活」──在這裡啊。女人成為母親後就不再是一個人而已，「天邊的夕陽」再美，「桃花的花瓣」再如何風姿綽約，都在她流下的清淚中逝去。「紅手絹」與「紅地毯」才是現實中更迫切的意義。

詩的最後兩段是對這位女主角的人生定位，「把玻

璃照得發燙」與前面的「貼在玻璃的傷口上」已是不同的
生命境界，女人為母則強，心如玻璃，當心中湧起濃烈愛
意，燃燒澎湃熱情時，玻璃就有了光、會發燙。巧手的媽
媽讓全家的生命有了煥發的光彩。「把一段段光陰剪得形
態萬千」哇！剪得形態萬千中「形態」一詞扣住剪出的紅
窗花有各式各樣的實體造型，「形態萬千」也隱喻家人生
命所煥發的多姿多彩。

　　一家之主向來就不是男人，是那位閃著紅色光芒給家
裡溫度的女人，男人給了家宇的外殼，而女人給了熊熊的
火氣。母與父不同，「紅亮亮的碳」與「冰冷冷的鐵」拉
大兩者之間截然差異，前後兩相映襯，女性堅強的生命力
讓艱困的農家日子有了美好的憧憬與希冀。

　　窗花圖案是心靈上抽象的投射，生活則是現實；紅窗
花是美麗的裝飾，而真實生活是殘酷的打擊，虛實交錯，
美醜相疊，我看見一位女子日漸成長的軌跡，她學會安頓
自己的青春火焰，即使真實世界容身窘迫，也能在紅窗花
的天地中拋灑人生故事。

　　看似平鋪敘寫的時間軸線，豈是一片平直？其中的
波瀾、坎丘，拿起剪刀，全都可以轉成圖花，留下紅色身
影，晾掛在這個家的窗玻璃上。紅花綻滿窗臺賞心悅目，
透著祝福和期盼。即便青春流逝不返，母親靈巧的剪刀
手將美好生活的嚮往換成紅色的窗花，貼在孩子們的心

窗上。

　　詩人鮮聖的〈紅窗花〉，在文字裡給了我們鮮紅意象，用剪刀剪紙的畫面為讀者勾勒農村生活輪廓，也在這篇詩作裡讓大家目睹一位女子游「刃」有餘地剪出生命的春天。精鍊的詩句如切割出來的線條，立體且深刻，詩人無疑有這般火候，為讀者剪出了一幅瀰漫紅色的遼闊天地。

　　　　　　　　　　　──2022散文詩解讀競寫優勝

醃一罈芥菜，等生命的苦味散盡
——讀李黎茗〈芥菜罈子〉

邱逸華

散文詩原作

〈芥菜罈子〉／李黎茗

「經過建國北路二段某巷的行人，記得打個暗號，喊出酸菜湯子。」她說她就會送一份。初罈子開封，隨機結緣有什麼關係。反正你把我磨成了信手老妖。

離開越久，場景越是清晰，撥開寒冬的雪，一簑煙炊，起手式的醃罈子，燒水、築菜、塞緊，不留一點餘地，擠出舊年空氣，然後，等起散落四處的親情，友情，是富貴菜，是寒微菜，也是那個年代的悲歌。她練就一身本領。

父親的皺紋夾得死蚊子，如她嫁入夫家醃漬的酸罈子丘，左一層，又一層，一層一層又多少個年。是一日三餐的筷子戳，瘦了少年時。

又是年關近，菜園裡一丘大芥菜，老舊的洋傘馱起紛飛大雪。喃喃自語著。「我已醃不動了，你也不再是筷子戳。」

解讀

　　俄國文豪托爾斯泰有一句經典名言：「幸福的家庭
都是相似的，不幸的家庭各有各的不幸。」如果把其中的
「家庭」二字置換為「女人」，全句成為：「幸福的女人
都是相似的，不幸的女人各有各的不幸」，也能巧妙凸顯
女性在婚姻、家庭與人生中各自面對的苦境。

　　李黎茗這首〈芥菜罈子〉，寫的正是一個堅忍勞苦的
女性，在貧困的夫家耗盡青春，把生命活成一個封閉的罈
子。罈子裡醃的是苦味逼人的芥菜，那是一個女人宿命的
苦。只有一層一層將苦味醃漬、密封，才能熬過物質欠缺
的歲月，轉化生命中無可奈何的憂傷。

　　詩人李黎茗來自江西省九江市武寧縣，遠嫁臺灣已逾
二十載。常自言是個「大陸新娘」，但對婆家與娘家的愛
一樣濃烈深情。只是人在寶島，母親與故鄉卻一水遠隔，
成為作者心中永遠的軟肋。帶著一顆思念母鄉的心，自然
而然地就形之於文字，寫下不少以「母親和故鄉」為題材
的詩歌或小品，充分展現她的孺慕之思與對家鄉的想望。
〈芥菜罈子〉一詩，正反映出這樣心境。全詩情感的表現
自然深刻，在臉書吹鼓吹詩論壇的【2021第一回合散文詩
競寫】（植物主題）榮獲優勝，自是不令人意外。

　　全詩分為四節，首尾二節在形式上彼此照應——首節

以母親的「說白」起，末節以「自語」收束；內容、場景
則為今昔對比，呈現一個女人從盛壯之年到年老力衰的經
歷。中間二節則敘情景寄託情意，剪輯醃芥菜的動作、流
程的鏡頭，帶出母親持家之辛勞與生命的苦況。

　　詩從第一節母親的「說白」展開敘寫——無論是甚麼
人，經過巷子只要「打個暗號，喊出酸菜湯子」，母親就
會熱情的送上一份初開罈的酸菜湯。作者以一句話概括
了母親年輕時熱情豪爽的形象——活潑大方，樂於與人結
緣。但末句「反正你把我磨成了信手老妖」卻筆鋒一轉，
用「磨」字的雙關，暗示了母親之所以嫻熟中饋之事，是
歷經多少「磨練」，甚至是「折磨」而來的。

　　第二節以實際醃菜的鏡頭、動作，深化首節末句的
「磨」（「磨練」、「折磨」），並以「她練就一身本
領」收結。首先要「撥開寒冬的雪」——顯見醃芥菜罈是
在雪冷的冬季，其過程之繁複，用力之多，也考驗著操
持此事的母親。這裡「寒冬的雪」，也象徵了心理上的
「寒」，人生境遇的「苦」與「冷」。中國有句俗諺說：
「小雪醃菜，大雪醃肉。」對北方人來說，由於降雪的冬
季缺乏新鮮菜蔬，準備「越冬菜」就成為一件民生要事。
可以想見，小雪節氣一到，家家戶戶少不了大罈小罐，為
各種越冬菜的醃製忙碌起來。醃菜的種類繁多，舉凡大白
菜、蘿蔔、大頭菜都很適合，而詩人選擇「芥菜罈子」落

筆，自有其特殊意義。芥菜味苦，卻始終受到庶民歡迎，因為芥菜是早期貧苦佃農在稻作收割後的土地休耕期，向地主租借農地種植的，對農村百姓而言，芥菜正象徵平安長壽和苦盡甘來。

　　而將吃不完的芥菜醃入罈中，是農村庶民惜物的智慧，也是生命的哲學。〈芥菜罈子〉詩中提及的「燒水、築菜、塞緊」，說的是醃芥菜的繁複流程；「不留一點餘地」則強調用力之厚，要讓罈裡的芥菜密實地層疊，以免影響風味。這個密封芥菜罈，也是傳統女性生命價值的醬缸，她們歷經社會、家庭的試煉，委屈地將自己的人生微縮於一罈，生命的考驗還「不留一點餘地」……唯一支撐她們的，大概就是「散落四處的親情，友情」。透過分送醃好的芥菜，表達她們對親友的愛，並在這個過程中尋找自己生命的意義。因此，第二節裡的「是富貴菜，是寒微菜，也是那個年代的悲歌。她練就一身本領」數語，顯得格外矛盾而感傷。當散落四處的親情友情因醃芥菜而聚攏時，這芥菜便因溫情而顯得富貴；但回到婦女本身的境遇，是微寒才使她練就一身醃菜的好本領，這又是貧窮農婦們生存的悲歌了。

　　第三節提及「父親」，以誇飾手法特寫其密層層的皺紋，但其目的是為了烘托母親耗費了大半輩子，只換來日益疊高的「酸罈子丘」。當青春在年年歲歲的勞動中流

逝，留下來的仍是物質生活的匱乏，身心靈的疲憊憔悴。
此節中的「筷子戳」一詞語法特殊，是少見的「以果代
因」的借代用法。據作者李黎茗的說法，「筷子戳」在母
親的故鄉也叫「鹽菜婆」。許多貧窮農村家庭的餐桌上只
有酸鹹菜，孩子吃飯時，對著那碗鹹菜毫無興致，就只用
筷子去戳個幾下而不願意夾入碗。所以「筷子戳」一語，
可說是貧寒家庭飲食缺乏的具象化。

　　前文提及首節呈現年輕時的壯盛豪邁的母親，末節則
以孤獨暮年呈現今昔對比的感慨。當雪季又來，母親自語
道：「我已醃不動了，你也不再是筷子戳。」與其說這是
母親說的話，倒不如說是作者「心裡的聲音」。隨著母親
的衰老，她生命的冬天是真的來了，可喜的是孩子不再像
自己年輕時那樣貧寒困頓。然而對遠在異地的子女而言，
這是多麼難忍的思念？面對終其一生為家庭奉獻，甚至失
去自己的母親，每一罈醃芥菜都隱藏著生命的苦味；等生
命的苦味散盡，人生卻也到了無雨無晴的晚景。

　　作家廖輝英在《油麻菜籽》一書中，以自身經驗寫下
傳統女性卑屈的生命韌性：「妳計較什麼？查某囡仔是油
麻菜籽命，落到那裡就長到那裡。」多少女人的一生，就
是這樣不由自主──或者走不出去，或者無法自己決定去
向！蘇紹連老師亦有一首〈豆腐乳〉，借醃漬物寫母愛：
「小時候的早餐，桌上碟子裡 / 只有一塊豆腐乳 / 大家

用筷子各挖一點點／／放入稀飯裡，就可溶出／豆豉、糖米、酒、胡麻油／以及一整天的溫飽／／每天早晨，那一塊豆腐乳／仍是母親的乳房一樣」。多少世間母親都隱忍著各種犧牲，因而觸動了詩人的心靈。而李黎茗以遊子且同為女性的身分去同理、憐愛、思念母親，才能寫出〈芥菜罈子〉這首真摯而感人的散文詩。

──2021散文詩解讀競寫優勝

超越時間，現代象徵
——波特萊爾〈陶醉吧〉試析

朱天

〈陶醉吧〉／波特萊爾

　　就永遠地陶醉吧。最要緊的就在於此：這是唯一的問題。時間都快壓斷你的肩膀了，迫使你向地面彎下腰去。若想讓自己不再感到那可怕的重負，你必須不停地陶醉。

　　但該用什麼來陶醉呢？用酒、用詩或是美德，隨你的便。只要你快快陶醉。

　　假如，你有時在宮殿的臺階上，在溝邊的綠草上，在你憂鬱孤獨的房間裡醒來，醉意已經減弱或消失，那就去問風、問浪、問星星、鳥兒、時鐘和一切逃遁的、呻吟的、滾動的、歌唱的、談話的東西。問問它們現在是什麼時間；風、浪、星星、鳥兒、時鐘將告訴你：「現在到了該陶醉的時候了！為了不做奴隸，不受時間的折磨，去陶醉吧；不停地陶醉！用酒、用詩或是美德，隨你的便。」

解讀

　　波特萊爾之《巴黎的憂鬱》，當視為「『散文詩』此一名詞的定名以及『散文詩』此一詩型的奠基」；而〈陶醉吧〉一詩，[1]則可說是此詩集之「超越」精神，及詩人之思想內涵的雙重代表。

　　嚮往「超越」，是《巴黎的憂鬱》的常態；例如：「我喜歡雲……匆匆飄過的浮雲」（〈異鄉人〉，頁24）、「一艘小小的帆船在天邊顫動，它渺小而孤獨，恰似我不可救藥的人生」（〈藝術家的祈禱文〉，頁26），以及「人生是一座醫院，每一個病人都想調換床位」（〈在這世界以外的任何地方〉，頁160）。

　　雖皆有「超越」，但不同於前述三例以「浮雲」、「帆船」和「調換床位」呈現飄蕩、遠行或改變位置等，廣義上隸屬於空間性超越的意涵，〈陶醉吧〉展現了超越時間之強烈企圖：首先，從「時間都快壓斷你的肩膀了，迫使你向地面彎下腰去」可知，波特萊爾認定的時間狀態，截然有異於「子在川上，曰：『逝者如斯夫，不舍晝夜。』」（《論語・子罕》）或「大江東去，浪淘盡，千

---

[1]　詩作詳見夏爾・皮耶・波特萊爾（Charles Pierre Baudelaire）著，胡小躍譯：《巴黎的憂鬱──波特萊爾：孤獨的說明書，寂寞的指南針》（臺北：方舟文化，2019年10月），頁124。另，重複徵引此書時，僅標示篇名與頁數。

古風流人物」（蘇軾〈念奴嬌〉）之橫向遷移，而是接近「黃河之水天上來」（李白〈將進酒〉）的向下衝擊；故為了「讓自己不再感到那可怕的重負」、「不做奴隸，不受時間的折磨」，波特萊爾反覆強調──「陶醉」，乃唯一解答。

　　其次，不論是藉「酒」（現實消遣）、「詩」（藝術創作）或「美德」（道德陶鑄）來「陶醉」，所代表的都不僅是活在當下的生活態度！因為當我們確實拒斥時間帶來的負面影響，某種程度即等同於經歷了一場「逃離現在與自我重置的運動」──而涉及「思考如何對時間劃界」的〈陶醉吧〉一詩，實已清楚揭示了波特萊爾眼中富含「現代性」特質的人生宣言。[2]

　　最後，由下列梁宗岱針對波特萊爾"Correspodences"的評論：「我們忘記了我們只是無限之生的鍊上的一個圈兒，……只有醉裡的人們──以酒，以德，以愛或以詩，隨你的便──才能夠在陶然望機的頃間瞥見這一切都浸在『幽暗與深沉』的大和諧中的境界」，[3]應可推知「陶醉」之最終完成型態，當為至大無限的「和諧」之境──

---

[2]　楊凱麟：〈思考今日，今日思考──波特萊爾與現代性〉，夏爾‧波特萊爾（Charles Pierre Baudelaire）著，陳太乙譯：《現代生活的畫家：波特萊爾文集》（臺北：麥田出版，2016年10月），頁17。

[3]　梁宗岱：〈象徵主義〉，《詩與真》（臺北：臺灣商務印書館，2002年11月，二版一刷），頁75-76。

進而言之，〈陶醉吧〉當與波特萊爾的象徵詩觀，遙相呼
應。[4]

---

[4]　除上述引文外，梁宗岱以「藉有形寓無形，藉有限表無限」、「靈
　　境」定義「象徵」的論點，亦可進一步證明「陶醉」與「象徵」之
　　關聯；詳見氏著〈象徵主義〉，《詩與真》，頁70。

窺探歷史馱負的巨獸
──試讀夏爾・皮耶・波特萊爾散文詩〈每個人的怪獸〉

綠喵

散文詩譯作

〈每個人的怪獸〉／夏爾・皮耶・波特萊爾

　　頭上是空闊而灰濛的天空，腳下是塵土飛揚的大漠，沒有道路，沒有草坪，沒有一株蒺藜菜，也沒有一棵蕁麻草。我碰到好多人，駝著背向前行走。

　　他們每個人的背上都揹著個巨大的怪物，其重量猶如一袋麵粉、一袋煤或是羅馬步兵的行裝。

　　可是，這怪物並不是一件僵死的重物，相反，牠用有力的、帶彈性的肌肉把人緊緊地摟壓著，兩隻巨大的前爪勾住背負者的胸膛，並把異乎尋常的大腦袋壓在人的額頭上，就像古時武士們用來威嚇敵人而戴在頭上的可怕的頭盔。

　　我向其中一個人詢問，他們這樣匆忙是向哪裡去。他回答我說，他也一無所知；不但他，別人也不知道。可是

很明顯，他們定是要去什麼地方。因為，他們被一種不可控制的行走欲推動著。

　　值得注意的是，沒有一個旅行者對伏在他們背上和吊在他們脖子上的兇惡野獸表示憤怒，相反，他們都認為這怪物是自己的一部分。在這些疲憊而嚴肅的面孔上，沒有一張表現出絕望的神情。在這陰鬱的蒼穹下，大地也像天空一樣令人憂傷，他們行走著，腳步陷入塵土中，臉上呈現著無可奈何的、被注定要永遠地希望下去的神情。

　　旅行者的隊伍從我身邊走過，沒入遙遠的天際，由於行星圓形的表面，人類好奇的目光消失在那裡。好長時間，我一直力圖解開這個謎；可是不久，不可抗拒的冷漠控制了我，於是，我也顯得比被怪獸壓迫的人們更加疲勞了。

解讀

　　散文詩〈每個人的怪獸〉節錄自《巴黎的憂鬱》散文詩集。作者為散文詩鼻祖，詩人夏爾・皮耶・波特萊爾。波特萊爾生於十九世紀，法國大革命之後，曾經經歷法國的七月王朝內戰。其作品不僅深入刻畫了巴黎的錯綜複雜與光怪陸離，也以展現城市「病惡之美」的方式顛覆了人們的審美想像。後人將他該時期創作的五十篇散文詩集結

出版，即為《巴黎的憂鬱》。

　　詩文首段先是描摹法國戰後社會所見城市的景況。

　　十九世紀，隨著法國工業文明的興起和城市的加速現代化，人們的生活發生了前所未有的改變。

　　當時的社會，人民正面臨戰後的貧窶生活，物資極為嚴重匱乏；每天張眼所看的城市情景，顯得死氣沉沉的。無論是望向灰濛濛的天空，還是感受路上煙塵翻飛，以及如塵埃難落定的飄浮心情；整座城市被陰霾籠罩、色調悲灰不明。民不聊生的程度，就算搜盡城市的裡裡外外，連一株平時人們不屑摘食的野生蒺藜菜或蕁麻草也遍尋不著。更不用說有無心思，修整市容、鋪設道路，甚至綠化庭院的草坪等，與溫飽比起相較次要的事物。所遇見的人，個個沒精打彩地垮下肩背走過來。

　　有句話說得好「民以食為天」。當三餐無著落、開門七件事的生活重擔欺身壓下來時，就甭提有無心思花費在美化環境、生活這檔子事啦。

　　此時的法國正逢戰亂整頓，糧食短缺，飢餓逐漸壓垮人民枯瘦的背脊。人人為了生活而長期承受著，比如說帶回家的麵粉、煤炭等日常必需品，比如說當時與敵國的戰事，造成社會動盪不安，隨處可見駐紮士兵軍裝的街容；這些內需外耗耗盡大多數人的心力及勞力。生活重擔與戰禍造成的壓力，也就是作者詩句中指稱的「怪物」。這隻

獸貼近所有人的生活，威逼項背，壓得人民喘不過氣來。吃不飽、穿不暖的最基本民生需求匱乏，隨著日子一天天流逝，更加深人們的擔憂。此獸於是俯臥上肩背，成了再也餵不飽的重擔，且是越來越巨大、越來越脅迫人民的生命。這讓人們感受到的，可不只是壓肩重物而已。牠成了會呼吸會成長的怪物。擠壓每個人身上的程度雖有不同，卻咸少有人能例外逃避的。牠賴上人們的肩背不走，卸除不去，有如古代武士的頭盔罩頂，不可一世的威逼，並緊緊箍住人民的戰後日常。

而這隻時代下所衍生的怪物，對人民心靈盤據的影響有多大？波特萊爾進一步指出：「牠用有力的、帶彈性的肌肉把人緊緊地摟壓著，兩隻巨大的前爪勾住背負者的胸膛，並把異乎尋常的大腦袋壓在人的額頭上」不管是物資缺乏或戰後社會的動蕩不安，都根深柢固地讓人民一肩扛著，怎麼也無力卸下，成天為之憂懼，頭大得很。

波特萊爾見人們每天不知為何而忙，匆匆地來又匆匆地去，曾好奇探詢過往的人，所得到的回答讓他驚奇；被問及的人，竟連為何匆忙得像無頭蒼蠅般地也不自知，更不自問！他們為了匱乏年代的謀生而忙碌，根本沒時間細想這個形而上的問題。解決吃飽穿暖都應接不暇了，誰還有時間跟閒暇思索匆忙到底所為為何？但，詩人心想：這些人必有個遵循前進的理由！要不，怎麼能按耐性子，如

他詩句中所提「他們被一種不可控制的行走欲推動著」一起朝著同一方向前進呢？

波特萊爾未明說直陳的這個省思，迴蕩在讀者的讀詩感觀之中；對當下社會貧乏生活的揣測，繼而感受到民生問題不容忽視的認同。

另外，波特萊爾還觀察到的是：十九世紀法國大革命後的30年代，法國工人階層力量不斷壯大，並開始作為一支獨立力量登上政治舞臺。也就是說中下階層的意識藉由戰爭勝利而抬頭。儘管也因為戰爭的關係，使得物資化為灰燼，一切歸零重新來過；生活處處匱乏，生存充滿艱辛；但在他們眼中所看到的世界，卻也同時充滿無窮的希望與鬥志。這股力量使得人人義無反顧地投入一己之力。所以，詩人說：「值得注意的是，沒有一個旅行者對伏在他們背上和吊在他們脖子上的兇惡野獸表示憤怒，相反，他們都認為這怪物是自己的一部分。」

因為人民內心明白，唯有共體時艱、共同揹負社會變異空窗期創造的怪物；他們的、甚至是子子孫孫的未來才有全新希望。

尤其是長期處於貧困匱乏的中下階層藍領大眾，儘管為了這隻背上駄揹的、胸前懸吊的獸所荷重；但「在這些疲憊而嚴肅的面孔上，沒有一張表現出絕望的神情。」大抵就是對國家正值政治變遷、經濟發展有所期待吧。詩

人同時也認為人民即使「他們行走著，腳步陷入塵土中，臉上呈現著無可奈何的、被注定要永遠地希望下去的神情。」還是可以擁抱夢想地等待明日的到來。

文末，波特萊爾對現狀有感地表示，當這群馱負怪物前進的隊伍，長長的走來、經過；隊伍綿延不絕地溯向天邊，拉長到逐漸消失於地球表面的彼端。時間又久得讓人連眼中好奇的炬火也跟著煙消火滅；這樣的日子過久了，也就不再新奇啦。這種物資窘迫的日子不知還得過多久呢？有很長時間，詩人因觀察而尋思，企圖解開這個現象的謎團。可是不久之後，或許因接觸人們的態度；或許是社會氛圍使然；也有可能因其自身對事物的有所堅持。總之，他失卻了熱情，感染了當下的冷漠。甚至比馱負來自生活匱乏所養胖養大的怪物的人們，更加沉重、疲乏！

這是一首劃時代、因社會遷異而有感而發的散文詩作，自有其時代背景。詩句雖淺顯易懂，但，詩文背後代表的時代意義深遠。在2021年現今這個物資豐饒、甚至於過剩的年代，對許多享受著取之不盡、用之不竭的文明便利的人來說，應該不太容易理解──那個物資缺乏的貧窮世代吧。

除此之外，不管是十九世紀的社會，或者是二十一世紀的當今，我們每個人不也仍揹著各自的怪物？這怪物來到二十一世紀，甚至還會變形。可變小到來自個人生活物

質的、心靈追求的；也可變大成家庭倫理、社會公義賦予
的責任壓力；更大的也有，無法控制的國與國之間的野心
爭奪、互不相讓的政治利益衝突……各種不同面貌化身，
種類多樣不勝枚舉。皆由千奇百怪的名利權勢衍生而來的
巨形怪物。牠紛擾著日日夜夜，千古不變，直到所有的思
考者想通放下……

　　　　　　　　　　　──2021散文詩解讀競寫佳作